中国多民族文学丛书·第六辑

九妮

李超杰／著

作家出版社

李超杰 回族，1973年生，中国少数民族作家学会会员，安徽省作家协会会员。1999年参加工作，2001年5月起任砀山县文联办公室主任至今，主攻小说创作。

1996年开始在省级以上文学期刊发表小说作品，先后在《清明》《大时代文学》《民族文学》《安徽文学》《海外文摘》发表中、短篇小说《蛮大爷》《胡二马月》《九妮》《拘留》《酸葡萄 甜葡萄》《囡囡的小鸟》《记忆中的槐树林》等；2008年在《安徽文学》发表长篇小说《惊天绑架案》。2014年在《海外文摘》发表长篇小说《月牙堤 月牙河》。2017年长篇小说《你上东来 我上西》入选中国作协少数民族文学发展工程出版扶持项目。多年来，在省级以上文学期刊上共发表小说作品80余万字。

作者近照

自 序

一直以来，我都认为自己写的小说是超凡脱俗的。如今中短篇小说集要出版了，我才去回头看自己这十几、二十几年前写的东西，不看不知道，原来自己以前写的东西竟如此拙劣，甚至有那么一些短篇更是让我羞愧难当得直接撕掉了，真真地把自己羞臊得不行。既然被鲁迅文学院和作家出版社选为出版书目，也不能不挑几篇出来，挑来拣去终选出这么几篇。其中《九妮》发表在2000年12期《民族文学》，属于这些中短篇小说中发表级别最高的，所以就用这篇作为首篇与整部小说集的书名。2000年的时候，也是我对创作最沮丧，也最怀疑自己是不是适合写作的时候。在这之前的1996年，我仅仅通过一名编辑的推荐，在省级文学期刊上发表了一个短篇小说。之后的几年，我一直就写不出能达到发表水平的小说来。我也自费出去参加过一些笔会、改稿会，期望认识一些名家，希望得到名家的指点。然而，每次带着希望出去又都带着失望回来，那些所谓的名家不过是为了一些出场费与大家合影、签名。没人真正地指导你怎么写作，回家后还是要自己盲人摸象般地去估摸、探索，还是需要自己慢慢地积累、沉淀，多写多练。

好像是在2000年的九、十月份，我又带着希望去北京参加一个某大型期刊的改稿会，两三千块钱花出去，又是一样地一无所获，只不过看了几个一点也没兴趣看的景点，刚刚到家还没卸下简陋的失望的行囊，我邻居——一名经常去清真寺礼拜的乡佬看到我，说有我一封信寄到清真寺里了，让去拿一下。我随口问了句，信封里的信是厚的还是薄的？如果是厚的，我想那不过又是一封退稿信，我就不去拿了。但，那乡佬说信件很薄。我惊奇起来，急忙问，是哪里寄来的？乡佬说，好像是北京什么地方。我再也不顾得问下去了，就跑向清真寺急急地去找那封信。果然，信件是《民族文学》时任副主编叶梅寄来的，上边有叶主编手写的短短几句话："您的大作《九妮》已通过三审，将于近期刊发，望勿另投他刊，并期待您精彩的下一部。"当时激动的心情，我至今也忘不了，我不认识《民族文学》的任何编辑，也没有通过任何人的引荐，只是用了一封平常的挂号信，我的作品就收到了用稿通知，并且是国家级的文学期刊。短暂的等待之后，《九妮》在《民族文学》2000 年 12 月份那一期的头版头条发了出来。

从那以后，我对写作开始自信起来，认为自己摸索到的写作路子是对的，也不那么焦躁着急于求成了。我开始写我心中的人物与故事，开始打磨自己的语言风格，开始把自己的所思与所悟慢慢地写出来。我也许永远成不了真正的大作家，但，只要能把我心我思表达出来，而且，这些表达会越来越多，也会越来越深刻，这就是我所希望的人生。还有很多鲜活的人物与精彩的故事在等着我述说，我的写作路还很长。不说了，我得去写作了……

目　录

九　妮

九妮的爹娘成亲那年，农历闰九月。老迷信的说法：闰年是缝不得新被子的。九妮家姥姥把这茬给忘了，觉得孩子办喜事，一辈子就一回，自己不吃不喝，砸锅卖铁，也要给闺女缝一床三新的铺盖。

九妮娘头生生了九妮，是个丫头。九妮家姥姥这就起了心病，逢抽签、算卦、跑马前课的一问，说是九妮娘犯了九女星。

“天老爷！犯了九女星是要连生九个丫头的！九个丫头……那还不要了俺孩子的命！我真是老糊涂了！”九妮家姥姥见天失了魂地念叨，“咋就忘了在新被子上缝个旧补丁了呢？！真该死！让我这老糊涂活着还有啥用？丢三落四的一点也不让人怜惜！”

其实，头胎生丫头一点也不怪，九妮家姥姥偏就认准了这个理，那个后悔呀！恨不得能把自己给剥剥吃了。

九妮家姥姥，把从鸡腚里抠出来的钱，拍到算卦的手里，求个破法。算卦的翻翻眼皮说：“能推碾子就能拉磨，会算也就会破，没有三把神沙，哪敢倒反西岐。”

九妮家姥姥说：“灵验了，另打好酒谢您。”

于是，算卦的密示一个绝方：“老面头包狗牙九颗，立堂屋门口，使出吃奶的劲往南扔。头生妮子起名还须带个‘九’字，管保您万无一失。”

九妮家姥姥心中欢喜，当下起了一大堆带“九”的名字。后来，单把“九妮”叫成了。也叫“小九九”“九祸害”啥的。那多是大人因喜、因恼了的缘故。

算卦的也许是灵验了，却害苦了九妮，九妮下边挨肩来了四个弟弟。

九妮会爬时，娘便有一把没一把地少管她的事了。会跑了，娘又让她一手牵大弟，一手摇二弟。等到四弟也会满地跑了，娘又要她做饭、割草、拾柴火，外带照看三弟、四弟，别让他们溜水边、站井沿、扒墙上埂、爬树掏老鸹。

“大弟、二弟谁照看？”九妮不解地问娘，“他们俩都长了一身的能肉，净去拿棍戳马蜂，掀屋檐逮麻雀，拾坷垃砸长虫。不看着、管着点他们可不行。”

娘故意咬牙切齿地说：“他们长大了，有点不听娘的话了，还总是欺负俺小九九。哪里见过这样的能孩子？还光吃饭不干活。娘一恼，把他们送学屋里让先生老师替我‘搁理搁理’去了。”

“先生老师孬不？”九妮怯生生地问娘。

“孬！哪能不孬？孬得烫手，孬得拿棍戳！”娘故意咬牙切齿地说。

“那……”九妮想了想又问，“先生老师长得啥模样？”

“啥模样——嗨！都长得驴脸挂蜡似的，丑得跟猪八戒一个样，满脸的枯树皮。男老师还不许他剃光头，女老师不许她扎小辫，不能看！女孩和胆子小的孩子看见了，夜里睡觉准得尿床发呓声。”娘脸上故意露出嫌弃的样子说。

“哎哟喂！男的不剃光头，长了还不刺挠死啊？”九妮不解地问。

“哪能会不刺挠？刺挠了就扢呗！天天蹲墙旮旯里，‘哼吱、哼吱’地扢，刺挠死了，就让你弟弟他们抬了扔屎茅房里去了。狗又不吃，猫也不嚼的，你说不扔屎茅房里扔哪里去？”娘皺着鼻子说。

九妮也跟着娘一起皺起了鼻子，嫌弃地笑着先生老师的邋遢样。半天后，九妮吐了口唾沫又问娘：“先生老师用针和锥子扎人吗？”

“扎！先生老师用的针，都是上鞋底的老牛角大针，锥子是穿玉米棒子的粗铁锥子。还罚学生认稠字，数那没边没沿的洋字码子，也不准用手指头，也不准用脚指头。数不上来，哼！先生就一边扢着头，一边拿锥子扎学生一下。你说够他们受得了不？”娘跟九妮说着，也忍不住地笑了起来，还笑出了两眼的泪花子。

九妮讪讪地笑了两下，又愁愁地叹了口气，跟娘商量着说：“你得去给那先生老师说说，不许他扎我弟弟，看他那脏样子！吓着了我弟弟，我可不依。”

“看在俺小九九的面子上，娘以后抽了空去向那先生老师求个情。你看看俺九妮多听娘的话，还从来不惹娘生气，娘说啥也不舍得把俺九妮往学屋里送。让那先生老师急得跺脚，也休想拽俺小九去他那学屋里。”

九妮歪了头害着羞地说：“女孩家哪有惹大人生气的？！娘叫干啥，我就干啥，哏也不打一个。娘没活儿指派了，我也不能闲着呀！哪有活儿找人的？都是人找活儿。”

三弟、四弟后来也被娘送学屋里让先生老师“拥理”去了。剩下九妮一个人，干啥也孤单单的，特别是大人都上工干活去了的时候，她身边连个说话的也没有。九妮想，在家要是做错了什么事，娘也许就恼了，就能把她也撵学屋里挨先生老师的“拥理”去了。那也总比自己孤单单的强呀。

第二天，当着娘的面，九妮打碎了一个碗。九妮低着头，一动也不敢动，偷偷地瞟娘一眼，怕娘真的恼了，又盼娘赶紧恼了。娘却一点也不恼，拾起那个烂碗远远地扔了。

九妮忍不住问娘：“娘，你咋不恼？”

“打就打了，有啥恼的？”

“打碎一个就少了一个呀！”

“管他娘的，旧的不去新的还不来呢！娘总不能不和闺女亲，去和个破碗亲。你打碎了碗，娘打你，那娘以后和碗成娘俩去吧！到老了让碗孝顺我，给我掖掖被角，送口热汤热水……”

九妮笑了，九妮知道碗做不了这些，自己能，自己还能更疼娘，帮娘干更多的活。可，自己毕竟打了一个碗呀！要两斤多小麦才能换一个呢！九妮就扯着娘的手让娘打，娘就是不肯打。九妮央求着娘，哪怕轻轻碰自己一下也算打了，娘却一下也不肯碰九妮。娘说，半下也不舍得碰，打个碗就把俺九妮吓得脸蜡黄了，俺还没找它算账呢。以后，让它再敢吓着俺小九试试？！

“那……娘，你把我送学屋里，让先生老师狠狠地‘捆理’一顿去吧！”

娘吃惊地看了九妮一会儿，半天后才说出话来。说，娘才舍不得呢，谁舍得把自己家的好孩子往学屋里送？送那里边去的都是吃一个豆屙俩瓣的能孩子，到里边又打，又训，耳朵能拧半尺长。娘说啥也不肯把她的宝贝闺女送去学屋里……

九妮听得头发梢都竖起来了，起了一身的鸡皮疙瘩，再也不提让先生老师狠狠地去“捆理”自己一顿了。几天后，九妮拾柴拾到学校跟前，想看看里边到底是咋样“捆理”小孩的，她又怕夜里做噩梦，不敢近前。给自己撑了八百回胆，终于战兢兢地拣处矮墙豁口，把柴篮子踩脚底下，只敢露半个小脸地向学校里望了起来。半天，九妮也没下来柴篮子。那天，九妮草棒大的柴火也没拾着一根。

吃饭的时候，九妮端着碗偎到娘的脚前，讨好地向娘笑着说：“娘，让我也上学吧。”

娘再想哄她吓她，九妮噘着嘴，眼泪汪汪地把自己看到的一切，一股脑地都说了出来。

娘一下子变了脸，说：“日子苦得黄连汤一样，你个丫头片子，要上哪门子学？”

九妮想说：“我要认字，我要识数……”

可九妮的上下牙仿佛长成了一坨似的，就是张不开个嘴，眼眶里的泪水倒是不值钱地一嘟噜、一串地往外涌，堵也堵不住，把个九妮的衣襟都弄得湿透湿透的了。

最小的四弟，一点都没眼色，从九妮身边走过时，手贱碰了一下她的辫子。活该四弟做了九妮的出气筒，她站起来把一碗饭都扣到了四弟身上，好在饭里九妮的眼泪多、热汤少，要不一准烫掉四弟的一层皮。四弟只揉了几下眼，九妮却哭了又哭，说四弟打她了，拽她头发了，生疼生疼地都快疼死她了。

邻居婶子、大娘过来劝九妮，说："你四弟那么小，他能打你多疼？"

"他小？他小？他都上学了他还小？"九妮的那个凶哟！牙齿都要长到嘴外边去了。

"打你哪了？来让我看看。"

"就不让你看，从头到脚都打了！"

"哪儿疼？"

"浑身上下都疼！"

九妮娘对那些劝九妮的婶子、大娘说："你们都别理她，让她使劲凶去，我看她还能翻了天了？"

过几天，娘做菜窝窝，没做满锅，奢侈地抓了两把好面，贴了两个巴掌心大的白面饼。娘把一个分了四瓣，另一个牙印也没印一个，偷偷给了九妮，说："别跟娘怄气了，娘给你专门做的好面馍，快吃了，别让你弟弟他们看见了分你的。"

九妮接了，跑去门外把白面饼偷偷地藏在贴身衣裳口袋里。弟弟们放学后，九妮把大弟叫到没人处，掰一块白面饼在大弟眼前晃："看我的好面饼，想吃不？"

大弟眼睛里冒贼光，上来就去九妮手里夺，说："哪来的白面饼？我要吃，你快点给我！"

九妮对大弟说："只要让姐跟着你去上学，姐就给你吃一块。"

大弟问九妮："你认得'啊''喔''鹅'不？"

九妮傻眼了，急忙问弟弟："啥样的'啊喔鹅'？除了咱庄的人，我还认得咱姥姥庄上的人。"

大弟鼻子都"嗤"歪了，说："你得从一年级开始上，和四弟上一个班。"

九妮找到四弟，把剩下的半块白面饼给了四弟，四弟说："你有新本子、新书、新铅笔吗？"

“……”九妮愣住了，结结巴巴地说，“咋……咋样才能有新本子、新书、新……铅笔？”

“去学校交给老师五毛钱的学费，老师就发给你了。”四弟说。

九妮从娘的盛钱葫芦里，偷了五毛钱，做贼似的溜出了门。她半道追上了四弟，喘着粗气说：“咱娘让我上学了。”让四弟看自己手里的那五毛钱是真是假。“弟弟、好弟弟，让姐和你上一个班，中不？”九妮拉着四弟的手说。好像四弟说不中，便不中似的，她讨好地替四弟背书包，牵四弟的左手，过不一会儿，又换右手。甚至还要背着四弟走。四弟领九妮见了老师，老师发给九妮一套新本子、新书、新铅笔。

课桌是一块长木板，一排学生一块板，两头用砖垫上，老师拃了两拃，用粉笔画了两边，说：“就坐这儿吧。”

九妮把书闻了又闻，摸了又摸，心里那个痒痒，就要把人快活死了。九妮对前排的四弟说：“真好闻，真香，真滑溜！”

九妮腚下的砖头还没被暖热，娘就撵来了学校里。娘拽起九妮就往外拉，九妮的手像个不会水的人掉进了深水里，乱抓乱挠，渴望捞根救命草。娘使劲往外拽，九妮使劲往里挣。九妮终于抓住了课桌，死抱住不放，课桌稀里哗啦地被拽翻了，拽翻了也不撒开。娘又来掰她的手，掰开左手，九妮就挣了右手抓；掰开右手，九妮又挣了左手去抓。刚刚十岁的九妮，到底拗不过娘，就招鬼撕了一般地号，号得没了个人腔。

娘对围观的老师和学生说：“打天跺地，找不见九祸害的影子，谁知道她偷跑学屋里来了。”

九妮大口大口地咽着眼泪，呜呜咽咽地说：“我不走，娘……人家都上学了，你让我上几天学吧！求你了，娘——就上几天！求求你了娘，我保证不误刷锅洗碗，不误割草拾柴，不误……”

娘虎着脸说：“上学不当吃不当喝，闺女家要学也得去学点有用的，回家我教你针线活。”

不由分说，娘把露着半个脊梁骨的九妮硬拖回了家。

九妮委屈得三天不吃不喝也不下床。第四天上，娘织了一块柳条纹布，给九妮做了个花褂，趴九妮头边，捋顺了九妮耳边的头发，说：“哪里有真跟娘生气的孩子？娘打是该打的，娘疼也是该疼的。哪能只兴疼，不兴嚷的？娘受罪十个月生下的孩子，若都记着娘的仇，生着娘的气，哪里还有做娘的活路？

“你说上学能治啥？一本子厚书，里边的字密密稠，肩挨着肩，头顶着头，伸着胳膊弯着腿，还有的腰间挂着俩蛋子，学它有啥用？看了还不够让人头晕眼昏的，我可不舍得让俺小九去作那个难呢。起来！试试娘给你做的新衣裳。”

九妮长长地出了一口气，便被娘没费劲地拉了起来。坐在床沿上，任娘把衣裳给穿好，扣好了扣子。娘说，还是她的小九九最听娘的话，恁听话的闺女，顶好看的衣裳也得先给她的小九穿，顶好吃的馍饭也得先紧着她的小九吃。穿身上，吃嘴里，总比上那要命的学强八百帽头子！娘说：“下床来，让娘看看衣裳合身不？”

九妮听着娘温柔的说话声，就一个劲儿地想笑，可嘴还特意地噘着给娘看，鼻子里还有委屈的哼哼声。娘看着九妮穿上了新衣裳，说：“哟哟哟！我的天！这是谁家的闺女？咋长得恁俊？赶明儿个，挑好样的给她说个婆家吧！”

这下，九妮是真的笑了。即使不笑，娘又给梳头，又给做荷包蛋面条，还能再生娘的气吗？打那以后，九妮再没提过上学的事。跟着娘和婶子、大娘学会了一手好针线，谁见了也会夸九妮的活好。四个弟弟从小到大的衣裳、鞋都是九妮做的，四个弟弟长大后，没费啥劲都挑上了好媳妇。多亏是九妮做的衣裳合身合体，穿上头是头、脚是脚的。

九妮把四个弟弟从小到大的鞋样，都夹在两本书里，一本语文，一本算术。那是九妮交了五毛钱老师发给的。四个弟弟教了九妮一百遍，九妮仍然弄不清哪本是语文，哪本是算术。语文也罢，算术也好，有什么要紧的？要紧的是四个弟弟后来都娶妻抱子了，还把布料鞋料往九妮家里送。九妮用娇嗔的眼神剜着弟弟，说，姐伺候你们到几时？这辈子就喜欢穿你们姐做的衣裳、姐做的鞋，一个个地倒把你们自己的媳妇都闲起来了，你们这能是心疼姐？姐是人家的人了，你们大外甥也十七大八的了，姐能会没一点自己的事？弟弟们憨笑着，任九妮数落，过不了几天照样送布料过来，有时候，甚至还把他们媳妇穿的布料一并送了过来。要是哪个弟弟月把四十没送衣服料、鞋料来，九妮就会回娘家看看，问罪似的跑去弟弟家，问自己是不是哪里得罪那个弟弟了。

九妮嫁的男人会给人看病，手艺不是太坏，四村八寨的邻居，谁有个头疼脑热的，都奔了来讨药吃。日子过得说不上大富大贵，手底下活泛钱还是不缺的。九妮算过细账，三两年地里不收成，吃不完囤里的陈粮，动不着银行里的存款。到了儿娶媳妇，闺女离门，哪一个也委屈不了他们。

若算处都打算处来了，天底下还有谁的日子不好过？老天偏就不给人一个囫囵的世界。1963 年的大水，让九妮回想起来时还害怕得要死，1991 年却又来了一场更大的。1963 年的大水，冲走了九妮一双才穿了半年的新布鞋，害得九妮打了一秋天的赤脚。1991 年的大水一退，九妮就着手盖起了新家。可，新家刚盖了一半，九妮心却野了、坐不住了，吃饭的工夫，也端着碗往外边跑，家里的活偎着手，却辫梢也抓不着她的。家里忙得一个人掰两瓣使，她这是钻哪里看热闹去了？

大水过后不久，不远邻村的一些闲散妇女，结着伙、搭了群地往苏州、江南一带去要饭。也不是谁家就缺吃少喝，日子过不下去了，是她们见有一个人去，三两天转回来，又是大包背，又是小包扛的，到家抖给村里人看，尽是些鲜艳的四季衣裳，上边连补丁也不曾打过一个。这才招惹得大姑娘、小媳妇每根筋都绷得邪火，缠住人家问这问那，问得人家答不上来，就戗一句：“你自己去一趟，不就啥都知道了？”

九妮心里说：只要今夜里睡着了还能醒回来，赶明儿个，非得去一趟苏州不可，不信江南拴着专吃她九妮的老虎！主意打定，九妮看着泥水匠干活，心就急，一日不完工，便添一分火；两日不完工，便多两分的煎熬。急火攻心，居然给病倒了，一口水也不想尝。任丈夫是医生，药吃五味，针打八剂，就是不见病有回头，急得丈夫嘴唇上，也跟着起了许多的虚泡。九妮看着心疼，湿了眼说："家里这么忙，我却病倒了……"

丈夫反过来劝她说，现在儿子、闺女都大了，有点小活，孩子们一半玩一半歇就干完了，哪用得着九妮伸手，让九妮只管等着住新房吧。

"家里要是能离开，我想出去两天，散散心。"九妮有气无力地说。丈夫正巴不得她能起来走走，急忙让九妮去孩子姥姥家住两天，等新房子盖好了，再打发孩子去接九妮回来。九妮答应一声，缓慢地爬起来，一路趔趄着从家里出来，就奔去了孩子的姥姥家。

"小九，你这时咋跑来了？"娘不解地看着九妮问。

九妮看也不看娘一下，耷拉着个脸说，她要出远门了，过来跟娘打个招呼的。能回来呢，她还是娘的闺女，万一回不来了，以后她们娘俩就这样了。让娘千万别想她！娘疑惑着，不知道九妮今天吃了什么药，试探着问九妮："出远门？你和谁一路，你家不正盖房吗？"

"我儿大了、女大了，盖房用得着我？也没和谁一路，就我自己。"九妮噘着嘴，故意没好气地对娘说。

娘当然不信九妮会一个人出远门，松了口气说："你能出啥远门！想上镇上，还是去县城转转？"

九妮扬起声调对娘说，看不起人？她咋就不能出远门了！她今天就是要让娘看看，自己立马就去苏州、杭州、上海溜溜。九妮的话一下还真是把娘唬着了，娘惊恐地说："别瞎说了，你又不识字，摸迷失了这辈子也别想回来了。"

娘让九妮进屋里坐着，然后趁九妮不注意，一下子把门锁上并隔着门缝把钥匙远远地扔出了门外。娘说，她老了打不过九妮，但能精过九妮，今天不过了娘的这一关，九妮哪里也别想去。傻了眼的九妮，又是在屋里满处找能让自己出去的法子，又是使劲晃门，最后一切努力都没有用，不得不自己停了下来。

娘说，九妮说得比吹灯草灰还轻巧，那苏州、杭州又不是三步远、两步近，说回来一声就能回来了？

九妮又反过来求娘，把娘的肩膀都快摇零散了，向娘又是撒娇，又是发嗲，把“娘”叫出百样味来，千般声来：“娘——亲娘——娘亲——我恁大一个活人，不憨不傻，咋能会摸不回来？再说了，鼻子下面就是路。我要是三五天回不来，别让家里人惦念。到时候，只让您给传个平安的话就行了。”

娘喊人开开了门，然后，甩开九妮就抽脚往外走，九妮拉也拉不住。唉！难道九妮八成就是这样的命，一辈子都得这么听娘的？九妮孤零零地坐在娘院子里的小凳子上，哀哀地伤起了心。娘出去了不一会儿，领了几个妇女进来，说：“这回就把九妮交给你们几个了，路上照顾她点，她没出过远门，到了大地方，眼不够用的，让她小心点汽车，千千万万别摸迷失了。”

几个妇女说：“把心装回肚里吧，俺几个好歹是去过几回的。”

九妮喜得洒了两腮的眼泪花子，抱着娘亲过左脸亲右脸。娘累得喘粗气，嗔着九妮说，憨妮子是要累死娘啊！要不是觉得这辈子就亏待了九妮，任她说得天花乱坠，也别想过了娘的这一关。娘叮嘱九妮一遍又一遍，到了大城市让她眼放活点，跟紧她们几个，去了快回，千万别让家里惦念。

“就让你闺女去疯一回吧！”九妮跟在那几个妇女的后面，边跑边回过半边脸对娘说。

九妮到底还是摸迷失了。

在苏州，几个人说好了谁进哪个巷口、谁进哪条街道，完了还在原地碰头。最后就差了九妮。去苏州寻找九妮的人，溜遍了大街小巷、旮旯缝道，都说没有找见九妮的影子。九妮娘见天抹泪地朝着苏州方向哭：“娘的娇儿呀！你问路问老人，咱家在西北，摸不到家你别急、别哭，累了就睡一会儿，梦里你会梦见娘喊你，跟着娘的声音往咱家来……”

十几天后，九妮毫发不少一根地回来时，还拐回来两大化纤袋的东西。九妮说，自己原本是有人带着的，那个人来过几回，人家给的衣服不好，她仗着苏州人听不懂自己说的家乡话，当面摔在人家脚下，说：“你们小瘪三不能穿的破烂，你老姑奶奶就能穿吗？老姑奶奶是千把几百里路，花着车票来的，还不给换件好的孝敬……”

人家给你是人情，不给是本分，怎么能仗着听不懂你的话骂人家呢？九妮心里害怕，丢下那人急忙溜了出来。那人让她在原地等着别乱跑，九妮口里答应，脚底板却溜到苏州城的大街上来了。看了一会儿大街宽、高楼高、绿树石路、小桥流水，叹一声真是神仙待的地方。也没觉出溜太远，见人上山，便也往上爬，爬到顶端，看到一个歪巴子塔，扫兴得要命，嘟噜着说：“一个歪巴子塔，人都犯了疯病跑上来看它？”

下来山，九妮分不清哪是来时的路了。问人家，人家摇头说听不懂她讲的什么。九妮瞪着眼犯疑惑地说：“你们这些蛮子，我又不蛮，你们倒听不懂了！”

等到半夜找着了火车站，料定一块来的人早该走了，慌忙坐了火车去撵。火车停下，到的却是上海站。后来，又岔道到了杭州。自己带的那一点钱花光了，九妮方知鼻子下边不是路，是一张要吃食物的嘴巴了。九妮埋怨自己，安心在家摆弄那一亩三分地呗！偏生心到这苏州活受罪。五八、六〇年没饿死，如今就饿着你了？家里又正盖房子，也就要犁地种麦了。可，活人总不能让尿憋死，手里再没钱，也不能愣是饿死在这仙境一般的江南。九妮厚了脸皮开始讨要，大多人家都给，没费太多工夫，她便背不动了。

人们打开九妮的包，要看她在苏州、杭州、上海都要到了啥好东西，拿出一件，是个小学生用的旧书包。再看，竟有四五个，只是新旧不同。人们七嘴八舌地埋怨九妮：“要几件衣裳能穿，要这么多旧书包有啥用？你家也没有上学的小孩子了。”

九妮鼻子酸酸的，看旁边的娘一眼，泪骨碌一下就滚了出来：“娘，我的亲娘！下辈子托生了，要是再做您的闺女，您能多少让我上几天学不？”

九妮一屁股坐在地上，爹一声、娘一声，哭得那叫一个伤心：“叫我摸回来弄啥？死在外面让狗吃了猫嚼了呗！摸回来还能有谁怜惜你？小时候把你从学堂里硬拽回来，那时候你的小手咋不多长点劲？让人家再使劲也掰不开。一件粗布花褂就哄住你了。你要是识得字，还能分不清个东西南北？还能会坐错了火车……”

娘一把搂九妮在怀里，老泪纵横地说：“我的孩子，我的娇，你放心吧！只要有下辈子，咱娘俩要是还有这份缘，娘就是逃荒要饭、砸锅卖铁，也要供你上学……”

九妮回到家里，闺女、儿子都把脸扭一边不理她，丈夫也脸朝里睡着。若不是儿女大了又都在跟前，九妮早扑到丈夫身上哄他别生气了。

九妮比丈夫小两岁，每逢丈夫生气，九妮就赔着笑脸说：“要得好，大让小。你又识文解字，又比俺懂的理多，总得多少让着俺点……”

平时，丈夫就是有老牛大的憋气，也会立马换了副和颜悦色面容，对她说，啥是该做的啥是不该做的。只要九妮笑着说，当家的别生气，俺懂了。你说还有多大的气，他能会不立马消了？

今天，当着孩子面，九妮没好意思撒娇，就挂了一脸的笑，把新房子里里外外地打量了一回。九妮这一打量，把丈夫打量恼了，他“腾”地从床上跳下来，气汹汹地用肚皮贴着九妮吼：“有你这样不懂规矩的要饭的吗？到人家屋里、屋外乱打量个啥劲？你是打算抢劫吗？要饭！你站大门外喊一声，我自会叫小孩送半块馍给你。你还把行李扛进来，打算在我家汤是汤、水是水地吃饱了喝足了再走吗？”

九妮嘿嘿地笑着，躲避着丈夫凌人的气势。

闺女拿一个馍出来，掰一半递给她，说：“家里发大水了是吗？多可怜的老大娘，吃吧！吃不饱，我把另一半也给你。唉！要不是俺娘没了，今儿就留你在家吃顿饭了，趁现在正是饭时，你快拿了去，能多跑一个门就多跑一个门。也别怪俺爹生气，你要饭的咋能上人家屋里去看去瞧？你看俺家到处是金疙瘩银块的，若少一块，你包赔不起。知道的，人家说你要饭的不懂规矩；不知道的呢？只道是俺讹你呢！”

九妮把手缩到背后，望着闺女咴咴地笑。闺女就愣把馍往她怀里塞，又去背后拉她的手，问：“咋不接着？没见过你这样要饭的，给馍还不要，那你想要啥？你总不会看俺家这么好，想住下不走了吧？”

儿子噘着嘴说："把那些破烂扔到外面去！"

丈夫半真半假地把行李放在九妮肩上，推着她往外走。九妮肩膀一歪，行李掉了下来。她抽身挤进屋里，往刚才丈夫躺的床上仰面躺下，四肢乱拍乱打，头扭来扭去，装了哭腔地嗷："不活了，我不活了……"

自然没有人会真撵九妮。

女儿端来饭，说："起来吃饭吧——俺的没病装病的娘，差一点回不到家的娘——"

九妮笑着坐起来，说："谁是你的娘？你的娘不是没有了吗？"

女儿说，自己和哥哥商量好了，见那家里发大水的，缺吃没喝、逃荒要饭的婶子、大娘就留下来，给俺爹再娶一个。碰巧你就来了，撵又撵不走。唉！不愿走就住这儿吧！要不然这烧火做饭、洗洗涮涮的活，可不都落到自己这做闺女的头上了！

九妮拿筷子打闺女："我可疼值你了，屎一把尿一把拉扯大你，这不吃奶才几天，就来咒我？早知道是这样的孩子，就该起小一点点时摁尿罐里淹死了。那时候，该听你爹的话，把你放到灶窝里，谁叫我偏把你放到鞋壳里的……"

闺女皱一脸娇纹，去捂娘的嘴，跺着脚地撒娇："不听，不听……"把一双耳朵捂得严严实实。

村里人见了九妮，问她："这回溜到哪里？"

九妮放亮嗓子说："苏州、上海、杭州都溜到了。啥都见了，高楼，大厦……"

"去苏州见苏州园林了吗？"

"还能有个不见的？"

"狮子林、寒山寺、虎丘塔都见着了吗？"

其实，九妮只见过虎丘塔，也不知那就是虎丘塔，可九妮毕竟去过苏州的，要说没见过，那多没面子。她突然忆起了那座歪巴子塔，就问："虎丘塔就是那歪巴子塔吗？也不好看，就要倒的架势，周围还用栏杆围着，不让靠近。就是不围，谁还敢往它跟前站，说声倒了，那还不得砸底下？……”

“上海的黄浦江，杭州的西湖也见了吗？”

“还能会不见？十几天呢，这一回是啥都见着了！”九妮即使傻眼，也不能说没见过。

九妮见了一回世面，烧包烧得穿塑料凉鞋也穿起了袜子，头发一天梳几遍，更是烦心起家里的锅、碗、瓢、勺来。说，人家江南人的锅是钢精锅，碗是细瓷小花碗，勺是闪亮的不锈钢勺。再看看咱家，锅是黑铁大锅，碗是穷八辈的粗海碗，勺是黄铜大勺。这些都死沉死笨，呆头呆脑的，结实可怪结实，经用也挺经用，横竖就是没人家的看着顺心。

九妮还试着像江南女人，猫一样的只吃一丁点的饭，可刚两天就饿得有些招架不住了。自己笑说，这破肚子，就知道穷叫唤！叫唤得人一点力气都没有了。

又过了几天，九妮拖出那两袋要来的旧衣服，拍打掉上面的灰尘，叠好码齐，心想：若拿到集市上卖了，再不济也能换回几个细瓷小花碗、一把不锈钢勺和一个钢精锅。那几个书包也被翻腾了出来，里外看看，无孔无洞不算破旧。九妮叫过来闺女，让她看着说：“这几个书包都还新着，干脆你背着还回到学校里上学去吧？女人，活就要活得像人家江南人家的女人，嫩手嫩脚、白白净净、唇红齿白的。”

闺女拾起根棍棒，挑扬着几个书包，捏着鼻子说：“就这样的好书包？盛点馍头剩饭，背上它还真有点像个小要饭的！想让我再回到学校里，最起码也得给我买个牛筋的新书包。”

“去你娘的脚丫子！牛筋的，还牛皮的呢！”九妮继续劝着闺女说。学屋里有多好，太阳晒不着，雨淋不着，热不着，冻不着，还累不着。有多享福、多自在。有的人——她想上学还摸不着上咧！闺女想了一下说，就是，还不用刷锅洗碗，也不用烧火做饭了，放学回家饭做好了，吃过饭一抹嘴又上学去了。哪像现在累死累活的，一刻也不能闲着。

“谁说不是呢？我跟你说，人家江南的大姑娘小媳妇，连脚指甲盖都是染红了的，人家那才叫女人呢！”九妮自己都有点不好意思了，觉得能活成江南女人的样子，自己才算活得值了。

闺女乐得半死，边站起来往门外走边说，谁要是给她买来新书包，今天买来，明儿个她就上学去。考上大学做了江南人，她也把脚指甲盖染得红红的。

“哪里有卖牛筋书包的？”九妮朝着闺女远去的背影喊着问。

“集上没有，镇上；镇上没有，县上。不出天底下，准会有卖的。”闺女扭回来半拉脸说。

不远的镇上逢集，九妮把那两袋衣服卖了近两百元。买过四只细瓷小花碗，又要买不锈钢勺时，身后有人喊“九姐”。原来，那是她做姑娘时的几个姐妹伙伴。

“听说九姐出了远门了？”

“这么快就传到你们耳朵眼里了？差一点这辈子见不着你们了！”九妮不好意思地笑着说，“人家江南就是比咱们这里强上一万倍，那杭州的‘锡壶’，又结实又省柴火。上海的‘黄补姜’，比人参还好，治管着百样病，头疼脑热的，刀切豆粒大一点，口里含含就好了。可惜——当时自己身上没一分钱了，要不，还能不见样买点回来？让几个姐妹看看那些稀罕物！”

“九姐，你带着俺几个也去见识见识大地方吧！别到时候死了，才知道活得一点都不值。”几个姐妹伙伴央求着九妮，让她带自己也去一回江南。九妮犹豫一会儿，还是下决心再去一回，说：“去就去！”她想着，要给准备回学屋里读书的闺女再添一身新衣裳，买一辆女式自行车，还有那“牛筋”的书包，说不定就贵呢！一头牛才有几根筋呀！

“反正……反正是反正了！”九妮说，“咱就再去一趟。”

“打扮好了，这是又想上哪去？”儿子没好气地朝九妮嘟噜。

“还不是下她那苏州、杭州？去了两回，赚了三四百块钱呢。”闺女洋腔怪调地说。一回赚一两百，一百回赚一两万，一万回呢？赶明儿就能把他们家这新盖的房子扒了，盖上三十六层的高楼，站上边，往北一望，看见天安门；往南一望，看见他们的娘在苏州、杭州正要饭呢！那该多好玩呀！反正他们有能往家挣大钱的娘。以后，这院子里也要修上飞机道，从堂屋到厨房做饭开飞机去，再省得踮着脚走路了！

九妮笑骂闺女："娘的儿，等我回来，就知道跟你娘亲了。"

"走吧！别误了车，这不是你的家，我领着俩孩子穷就穷过，有就有过。你要饭挣的钱到肚脐眼深，俺爷们不稀罕，也不眼红。"丈夫把九妮推搡着出了门，并从里边拴牢了。

九妮笑说："我可真走了？把梳子接回去。"隔着墙头，九妮把正梳头的梳子扔进了院子。

"要走走得远远的，以后别再回来了！"丈夫在院内吼。

"好咧！"九妮答应一声，就又离开了村子。

无怪乎儿子造次，说九妮打扮好了。你看，今天九妮的浑身上下，连个灰星也不沾，头发丝是丝，缕是缕。脸上还搽了雪花膏，身上穿的正是那套走亲戚的衣裳。九妮一路走，还一路窃笑：俺的那个憨闺女，说我要三下苏州、杭州。我下那么多苏州、杭州干什么？第一趟，咱是图个新鲜，第二趟是为了憨闺女再回学校上学。这一趟可不是下苏州了，上县城给俺的憨闺女买牛筋的书包去！还要买一辆女式自行车，一身新衣裳。憨闺女看见了书包、自行车、新衣裳来认我这个孬娘了？去去去！谁是你娘，你娘让老和尚背跑了，你娘逃荒要饭，三下苏州、杭州不回来，在那儿找头寻主了。嫌难听？我觉得好听着哩！你管我给谁买的书包、自行车、新衣裳干啥？反正不是给那没良心的买的。我从她没我的鞋长就抱她，给她擦屎刮尿，抠鼻粑粑喂她。大了，翅膀根硬了！就来咒我……哟哟哟！这是弄啥？把头往我怀里拱啥？还想吃奶？娘问你小时候吃过奶吗？没吃？没吃你咋活恁大的，没良心的，推你咋还不走？没见过这么赖皮的。说归说，笑归笑，学得好好地给我上，对不起我的一天三顿饭我可不愿意。

一抬头，县城就在九妮眼前了。九妮心里一阵高兴，小县城，你可别在俺跟前摆架子，苏州俺去过，上海、杭州俺也去过，拿过来它们的一个旯旮一个角，也比你强八百倍！过来，让俺好好挑挑拣拣，也就一个牛筋书包，一辆女式自行车，一身俺闺女穿的新衣裳，都要最鲜艳最漂亮的。

县城虽小，却不过来，还得九妮一步步地迈过去。好在这三件物品，小县城里都有。鲜亮的衣裳就装在牛筋书包里，露半边一角的，招惹着人的眼睛。牛筋书包不忍心挂在车把上，也不舍得夹在车的后架上，九妮把它背在了自己的背后，她还真觉得自己又变小，回到十四五岁的年龄了呢，还有点少女的娇羞，上学去了的甜蜜。心里想：把世上的稀字、稠字都认完了，看往后还有啥事能难住人的？

到了家，九妮还以为是到学校了呢，半天才醒过神来。摸摸脸上的皱纹，哑笑了一声。院内闺女的声音，冲去了九妮的淡淡忧伤。不知道闺女能高兴到啥样？得把墙头、屋脊看牢了，可别让她跳上去蹬下了砖头瓦块。也别给咱跑大门外太显摆，大喊大叫的，说，她娘又让她回学校去了，给她买来了这，买来了那。姥姥家得让闺女去一趟，给咱九妮出了这口气。看如今她九妮的闺女是闺女，当年老人家的闺女也是闺女。也别惹老人家太伤心了，毕竟娘儿俩一场，拉扯俺长大呢！

一推大门，里面没闩。九妮又轻轻拉上，不轻不重地敲起门来。里面很快就有闺女的脚步声传出来。九妮捏了鼻子，学着苏州、杭州人说话的腔调，说：“啰唆啰唆，要饭的来了，阿拉家里发大水了，磕磕（开开）门，给阿拉找身新衣裳穿，端两碗大米干饭肉浇头……”

闺女走到半道又折了回去，没好气地说：“门没闩，自己开！”

九妮“哗”的一下推开门，朝着闺女的背影笑骂：“娘的儿，还没到跟你要吃要喝的时候，就连门也不给开了。”

九妮把自行车铃铛摇得不停地脆响。果然，闺女回过头，嬉笑着刚想上来看详细，猛然发现九妮背后的书包，说：“你这是又唱的哪一出？……噢……我说着玩的，你咋当真了？”

“这是不是你说的‘牛筋’书包？还有一身新衣裳，车子能相中不？”九妮没听清楚闺女说的什么，只顾让闺女过来看她新买来的那些东西。

“这车子真漂亮，衣服也好看。”

“咋样？”九妮故意逗着闺女说，“你娘孬不孬？背上书包让我看看。”

闺女尴尬地笑了一声，扔下衣物和自行车，径直进了屋。九妮没看到女儿欣喜若狂的样子，心里有些怅然，抱着书包、衣服也跟进屋，拉一把椅子坐下，捶了捶自己的后腰，说："今天，我总算知道累是啥滋味了！从东关溜到西关，从南关溜到北关，不知逛了多少家商店，才算把这些东西给你买齐了。"见正揉面擀面条的闺女不语，又说，"把面条擀得薄薄的，切得细细的，今天老娘的腿累弯了，得多吃两碗。"

闺女八成今天不高兴？谁惹着她了？咋一句话也不说呢？九妮放下书包和那身花衣服，走向闺女，说："去把手洗洗，从今往后做饭的事不让你管，只管一心一意地去念你的书……"

闺女一点也没有让开的意思，而是使劲地擀着面，说："要去你去，我可再也不进学校的门槛了，我刚才已经跟你说过了，我那是说着玩的。"

九妮以为自己听错了，愣在那儿像根树桩子似的，死盯着闺女看。闺女扭头发觉不对劲，没做好饭就慌手忙脚地跑了出去。

"你和我说着玩的？"九妮不相信地追着闺女问，"你是和我说着玩的……"

九妮先觉得嘴张得太久了，有些累，继而发觉浑身都挺累。闺女早已没了影子，九妮踉跄着回到屋内，坐下时又差一点摔倒，挣扎着倒在床上，原来自己只剩下一股进出之气了。大门响了一声，稀里咣当一阵，是丈夫和儿子从外边回来了。

"今天不给吃了咋的？到这会儿还锅冷灶凉的？这娘儿俩是咋的了？外边蹲一个，床上睡一个，咋都不去做饭？这辆车子是谁家的？"丈夫冲院子外边的闺女说，"不回来做饭在外边蹲着干啥？"

轻手轻脚，闺女往厨房里去了。

闺女这是害怕了，才不敢进家的。九妮心想，她又不是往火坑里推闺女。闺女和她说着玩的！九妮从床上起来，捋了捋头发，也不看儿子、丈夫，在脸盆里洗了手脸，也去了厨房。闺女摸盆，她也摸盆；闺女拿勺，她也拿勺；闺女摸火，她又来抢柴。每回都把闺女撞闪一个趔趄，闺女只得站住望着九妮的脸嘿嘿地傻笑。

“笑！笑！看你那孬种样！哪辈子没笑够？”九妮嗔怪地骂闺女。

闺女再去摸盆、勺，九妮再不抢夺，只是帮着干。手底下麻利，三下五除二,一顿饭就快做好了。九妮觉得闺女到底还是个孩子，见不得大人的脸色。她记得，后来自己笑了，脸绷得也不那么紧了。再后来，闺女喊娘，九妮答得也柔顺了。这时，闺女蹲到正烧锅的九妮身旁说：“娘，我不憨不傻，能不知道你是为我好？你疼我，但我都十五六岁、初中毕业年把了，再回学校，人家能不笑话？再说，这年把，我把以前学的全部就着馍吃进肚子里去，忘个差不多了，再上学，我从哪一年级开始上？

“唉！也怪我当初不该跟你开玩笑。我只当你是给我说着玩的呢，谁知道你当了真……”

九妮原本祥和的脸色，一下子难看起来，口里答应闺女的声音由低而高了，由缓而急了，由柔而厉了。

“你十五六岁了！以前学的都就馍吃了！再上学不知从哪一年级上起……”

“娘，看你又生气了，你听我把话说完……”

“还听你说啥？你能帮我干活，让我少受累……再过三五年，有多，我就多赔送；没多，我少赔送。打发你离了门，你去过你的日子了，还与我有啥相干？

“就该我命苦，没人疼没人怜惜，老的侍挤过了，少了又来侍挤……

“我咋这么贱？还二下苏州，让闺女哄着玩……”

九妮说着，突然照着自己的脸上打了起来，打得泪花飞溅、头发凌乱起来。闺女哭喊着急忙去拉九妮的手，把脸贴在九妮乱糟糟的脸上，心疼地跺着脚哭叫：“打我，打我，娘要打你打我吧……”

谁也不知道九妮到底有多少伤心的眼泪，反正，没谁能劝得下她。也不知过了多久，九妮拿起书包、衣裳，推着自行车往外走，丈夫拉她，问她上哪儿去。九妮就用一双泪眼看他，看他的手。看得丈夫心里发毛，自己松开了自行车。

九妮又出门了。

丈夫把气撒在闺女身上，吼她："谁给你的胆子，敢和你娘闹着玩？你惹了祸，你还哭，快去把你娘撵回来。就说书包、车子，别人要留下，赔不了多少钱。"

九妮骑得一点也不快。闺女撵上来可怜兮兮地喊了几声娘，她也不答应，也不回头。闺女拦住她的去路，手抓着她的车把，泪眼吧嗒地哭着喊："娘，天都到这会儿了，您这是上哪儿去？"

"放心，我死不了，你先回家吧！乖孩子、娇孩子，去招呼你爹你哥吃饭。看咱家这顿饭吃的！就要摸黑了，摸黑了也吃不到鼻子里去，熟门熟路的错不了！好孩子，你也不要管我，我没啥事！看我不是还笑了？我就刚才有点气，这会儿好了，我过一会儿就自己回去了。"

闺女说："回去吧！自行车和书包，咱村有人要留下，省得去退给人家了。"

"谁要留下？他有多少钱？钱少了我可不卖。"

九妮说话还是那么戗人，她没哭完，眼里包着泪，如连阴天喝足了水的土地，汪汪地往外溢着。说，看想留下她自行车和书包的人家有多少个金娃娃，让他都抱来，她九妮也许会让那家人瞧上一眼的。任何人就是有万贯家当，也休想买走她九妮的东西。车子她九妮能自己骑，衣裳她九妮能自己穿，书包她九妮能自己背。九妮边说边把那艳炸并不合她身体的衣裳，愣是套在了自己身上，书包背到了自己背后。然后，推了车子向远处走去。她仰着脸，大声地像小学生背书歌子一样，一字一顿地："坐火车，下苏杭，黄浦江，不是能治病补身子的'黄补姜'；西湖，也不是能烧茶温水的'锡壶'……"

九妮的身后留下两道水湿印，就像张三挑着漏水桶刚走过一样。

闺女在后面哭叫着说："娘，你别这样……娘，你别呀……"

嗬！李四挑着漏水桶撵来了。

囡囡的小鸟

囡囡家的一个小村旁，有条小河，河里的水却一点也不深，大一点的水洼，也才只能没到小孩的胳肢窝那儿。夏天，村里的半大孩子，都去村旁的那条小河里洗澡。

囡囡打小就怕水，一看到河边的水洼子，眼前就天旋地转。若是哪个调皮的破小子想拉她下水，她就一边撅着屁股使劲往后退，一边没命地大声哭号着喊妈妈、叫爸爸。

破小子们也不敢往水太深的大水汪里去玩，他们在大人的叮嘱与监视下，一般就在水浅到小孩肚脐眼的地方，老母鸡拍打翅膀似的，两只手欢快地扑腾着不停往腋下、肚皮上撩水玩。小水洼里原本的那点清水，愣是被破小子们搅得泥糊涂似的。水里的小鱼、小虾啊要想喘口干净气，就得大张着嘴蹦上岸来。看到有小鱼、小虾后，破小子们玩得更疯了，他们纷纷把篮里的柴草倒掉，用篮子叽叽喳喳地捉起鱼虾来。要是哪天的疯劲上来了，他们就会忘了大人的叮嘱，丢下裤头和鞋子，沿着小河去远一点稍大些的水汪里捉小鱼、小虾或泥鳅。

囡囡走在小河岸边，兴奋地追逐着那群破小子。走着走着，囡囡突然发现水与岸交界处的蒲草丛里，有一枚白白的、圆圆的、不知啥东西下的蛋。那枚蛋，比鸡蛋小许多，比鹌鹑蛋又要大一些。囡囡惊喜地大叫着，急忙把那个小东西捧在了手心里。

听到囡囡的欢叫声，破小子们光着屁股从小河里爬上岸来，纷纷围着看囡囡手里的稀罕物。有和囡囡开玩笑的，说那是鱼下的蛋，还有人说是癞蛤蟆下的蛋。他们妹妹、妹妹地喊着囡囡，用最甜最蜜的话哄囡囡，都想拿自己捞到的小鱼虾，换她的稀罕蛋蛋。

囡囡见过的小鱼虾可多了，就是没见过这稀罕蛋蛋，当然不愿意拿个没见过的稀罕物，去换那些见过、吃过一百遍的小鱼小虾了。破小子们见哄不过去，就齉起鼻子吓唬囡囡，说那是长虫下的蛋；还有人说是小鬼下的蛋，它要是破壳了，晚上就会变成红眼绿鼻子的老猫猴，专门过来吓唬囡囡。

那群破孩子还一起对着囡囡唱："红眼绿鼻子，四只毛蹄子，走路啪啪响，要抱活孩子。"

可无论怎么哄劝，怎么吓唬，即使把小囡囡吓得鼻尖上冒了许多许多的汗珠珠，她也没舍得撒开那枚稀罕蛋蛋。男孩子们没办法，只好又对囡囡说，那是枚非常非常金贵的鸟蛋。但，它是啥鸟下的蛋呢？男孩子们就说不上来了。

回到家里后，囡囡把鸟蛋给妈妈看。妈妈说，家里也没有正在抱窝的老母鸡，没办法给囡囡把小鸟孵出来，还不如把那枚小鸟蛋，给囡囡煮吃了算了。囡囡急忙从妈妈手里要回了鸟蛋，她才不想就这么把金贵的小鸟蛋给吃了呢！

囡囡想，她一定要把小鸟孵出来，把它喂大，看它漂不漂亮，听它叫得好听不好听。可，愁愁的囡囡，到哪里去找个抱窝的老母鸡去呢？囡囡捧着小鸟蛋问了十几个婶子、大娘，她们家的老母鸡没有一个是在抱窝的。真是愁死人了，囡囡一只手托着下巴，坐在自家院子里，脸上再也没有个笑色。她伤心地想，鸟蛋的妈妈真狠心，把它下到草丛里，就不管不顾它了。它要是被狗啊、猫啊的叼去，就活不了了！

妈妈见小小的囡囡一脸的不高兴，笑着过来哄她说，小鸟妈妈是看囡囡心肠好，有意把小鸟宝宝交给囡囡照看呢。囡囡心里却更愁了，她有些着急地埋怨小鸟妈妈，囡囡年龄还小，你可让囡囡怎么办啊？！

囡囡真的不知道怎样才能把小鸟孵出来。

一天了，囡囡连妈妈做的饭都不想吃，就那么愁眉苦脸地屋里院里转悠。这时，妈妈在一旁笑了起来，说，她知道怎么能把小鸟孵出来了。囡囡瞪大了眼睛，问妈妈是不是真的？妈妈点着囡囡的小额头嗔怪地说，小时候，囡囡姥姥教给她的法子，还能会有假？！

囡囡急忙把鸟蛋交给了妈妈，妈妈拿把剪刀，拉着囡囡来到土砌的锅台边。她用剪刀的尖尖，在锅台上靠近门脸的地方，转着圈儿地，轻轻挖了个小洞。然后，把小鸟蛋放了进去，又用挖出的土盖上了小鸟蛋。妈妈说，再过十几、二十天，小鸟就能出壳陪囡囡玩了。

囡囡心急，天天围在锅台转，看小鸟是不是出壳了。要不是妈妈说，“再不能轻易地动小鸟蛋，要是一动，小鸟就永远也孵不出来了”，囡囡真恨不得天天扒出小鸟蛋来看看。她天天望着锅台，心里痒痒地想，小鸟要是出壳了，一定是只长得又漂亮、叫得又好听的小鸟。囡囡心里虽急，却没敢再去摸一下小鸟蛋。

不知道又过去了多少个黑天白日，囡囡早忘记自己曾拾到过一枚鸟蛋了。那天，妈妈做饭，囡囡扯着妈妈的裤腿转。妈妈有些嫌弃、又有些娇嗔地说，囡囡就是个小跟脚狗，一步也离不开妈妈。囡囡就喜欢偎依在妈妈的身边，做妈妈的小跟脚狗，只要能在妈妈身边，叫啥她都愿意。

锅里的饭好了，妈妈先给囡囡盛了一小碗。囡囡正要端碗吃饭时，突然，不知从哪里发出来“喳”的一声叫。囡囡盯着妈妈的嘴巴看，笑妈妈是个女的，却会吹小响。

妈妈说，她没吹小响啊！囡囡再看妈妈的嘴，妈妈一点都没有男孩子吹口哨时噘着嘴的样子。那——这“喳”的一声，是从哪里发出来的呢？

正在囡囡左顾右盼的时候，她突然又听到了“喳”的一声叫。这次，妈妈也听到了。循声望去，囡囡和妈妈一下子就看到了，埋着鸟蛋的锅台上，被顶出了一个松软的小土包。“喳、喳”声正是从那里发出来的。

原来，是小鸟出壳了。

囡囡扔下饭碗，高兴得“吱吱”叫着，急得小狗不得过河似的，看着妈妈轻轻地把锅台上的小土包拨开。果然，里边冒出了个毛茸茸的小东西。它长着又花又好看、湿漉漉的绒毛，正颤巍巍地伸着脖子，大张着嘴“喳、喳”地冲囡囡叫。这可把小囡囡给喜坏了，她惊喜地欢叫着：“小鸟、小鸟，我的小鸟出壳了……”

囡囡急不可耐地从妈妈手里把小鸟要了过去，轻轻地捧着小鸟，想让小鸟站起来。可，无论囡囡怎么帮忙，小鸟就是站不起来。妈妈说，小鸟太小了，要喂养几天，羽毛长得稠密些了，才能站起来。

囡囡兴冲冲地捧着小鸟跑出门去，她要让所有人都知道，她的鸟蛋孵出小鸟来了。囡囡的那些小玩伴，一听说小鸟孵出来了，都丢下饭碗，恨不得把脑壳给挤破了，争着跑来看囡囡的小鸟。他们兴奋地评说着那只小鸟，一个个眼馋地盯着囡囡，讨好地问囡囡是怎么把小鸟孵化出来的。

然而，小伙伴们羡慕归羡慕，却没有一个人能叫出小鸟的名字。这时候，有人提醒囡囡，该给小鸟喂食了。说，小鸟不吃食，是会饿死的。

望着已经没有刚才叫得欢实的小鸟，囡囡捧着它赶忙和一群小伙伴跑回了家。囡囡找到自己的面条碗，急忙嚼一口面条，小心翼翼地喂到小鸟的嘴边。可小鸟只顾伸着脖子喳、喳地叫，却紧闭着眼睛看也不看囡囡喂给它的面条。囡囡急了，把面条又往小鸟嘴边偎了偎。她怜悯地跟小鸟商量说：“小鸟、小鸟，你快吃些食吧，不吃食你就不能活了，要是饿死了，赶明儿你妈妈来了，你就见不到你妈妈了……”

小鸟还是不肯吃囡囡喂给它的面条。

渐渐地，小鸟叫得不那么急、也不那么响了。它本来能昂着的颤巍巍小脑袋，也慢慢地往囡囡的手心里垂了。囡囡急得要哭了，急忙可怜巴巴地去求妈妈，让妈妈帮她想办法。妈妈说小鸟太小了，她也不知道小鸟喜欢吃什么。

囡囡又急忙去求爸爸。

爸爸有事要出去，就随口说了句，小鸟和燕子一样野性大，喂不活的。

“哇”的一声，囡囡一下子就急哭了。她哭着说：“咋办啊——这可咋办啊——谁能救救我的小鸟啊？”

伴随着囡囡的眼泪，小鸟紧闭上了双眼和嘴巴，它的小脑袋，也无力地勾向了胸部，不肯再叫一声了。只有它的嗉子下边的心脏处，有时还会跳动一下。

囡囡哭着说："小鸟、小鸟，囡囡求求你了。你要是肯吃一点点饭，你叫囡囡干啥都行，我带着你一起去找你妈妈好吗？"

妈妈心疼坏了囡囡，她嘴里不知在骂着些什么，把囡囡的小鸟给接了过去。说，她要给小鸟做个窝，小鸟睡暖和了，就会起来吃饭了。妈妈用旧棉花，在鸡窝上边给小鸟做了个窝。然后，把小鸟放进去，让囡囡不要看，也不许动。说，囡囡出去玩一会儿，小鸟就能活了。虽不敢去惊动小鸟，可囡囡的眼睛一刻也不肯离开妈妈给小鸟做的窝。

囡囡怎么肯出去玩啊？！她急忙搬来个小板凳，手托着下巴专心地看着那个不知死活、裹在旧棉花里的小鸟。囡囡盼着小鸟能活过来，能伸出头来，喳喳地张着大嘴，跟她要食吃，那样囡囡就能高兴了，即使让她三天不吃不喝妈妈做的饭都行。

天就要黑了，囡囡还是不肯回屋，也不肯吃妈妈做的饭。

爸爸回来后，看见囡囡伤心的样子，他立马就不答应了。爸爸对囡囡妈妈说，怎么能让自家的小宝宝伤心呢。然后，爸爸哄着囡囡说，小鸟怕人，人越是看着它，它就越不肯吃食。爸爸抱起囡囡去了商店，要买点囡囡平时最喜欢吃的，让囡囡吃一点，一会儿再喂给小鸟吃一点。那样，小鸟就能活了。囡囡想，小鸟肯定和她一样，不喜欢吃馍饭，就喜欢吃零嘴儿呢，她让爸爸给买了一大把自己平时最喜欢吃的。说，只要小鸟肯张嘴吃食，她要全都给小鸟吃。

回到家里后，囡囡抱着好吃的，急急地跑去鸡窝那儿喊小鸟，要给小鸟喂好吃的。可是，妈妈用旧棉花做的小鸟窝里，却什么都没有了。

囡囡"哇"的一声把爸爸给她买的好吃的全扔在了地上。她缠着妈妈，哭着问，她的小鸟去哪里了，她的小鸟呢？要妈妈赔她的小鸟。

妈妈故作惊讶地说："哎呀！刚才看见一只老鸟，在这边飞过来、飞过去，可能是老鸟来把小鸟领走了吧？！对，小鸟就是跟着妈妈一起飞走了。”

囡囡哭得不那么厉害了，她抽泣着问妈妈：“真的是小鸟妈妈，来把小鸟领走了吗？”

妈妈说，是真的，是老鸟来把小鸟带走了，就像囡囡一会儿都离不开妈妈一样，小鸟妈妈听到小鸟在咱家叫的声音，就找来把它接走了。囡囡要是不信，可以去问问邻居婶婶啊！老鸟来接小鸟的时候，邻居婶婶都看到了。

邻居婶婶这时走过来，说：“一点也不假，我刚才看见老鸟来了，在树上叫过来叫过去的，以为它想在囡囡家门口的树上住呢，直到看见它飞到鸡窝上把小鸟领走了，才明白老鸟是来领小鸟回家的。小鸟和囡囡一样都是妈妈的小心肝宝贝，都离不开妈妈。”

囡囡喃喃地哽咽着说：“小鸟也是妈妈的小跟脚狗，也离不开妈妈吗？”

邻居婶婶笑着说：“是啊，小鸟就是老鸟的小跟脚狗，离开妈妈就不能活了。”

囡囡虽然很伤心，但她知道是老鸟来把小鸟领走后，就又放心了。小鸟跟着妈妈，妈妈会疼它，给它擦眼泪，会嚼着食喂给它，它就再也不会死了。

睡觉的时候，囡囡躺在妈妈怀里，问：“妈妈、妈妈，小鸟长大后，会飞来咱家看看吗？”

囡囡想，是她把鸟蛋拾起来的，也是她让妈妈帮老鸟把小鸟孵出来的，她是小鸟的救命恩人呢！小鸟长大了，是该来看她一眼的，哪怕只回来看她一眼也行啊。

妈妈拍着囡囡，哄着囡囡睡觉，说：“小鸟长大后，会跟着妈妈，还会带着它的一大帮小伙伴，一起飞回来的。小鸟和妈妈，天天在咱家院里的树上，这枝跳到那枝上，叽叽喳喳地唱：大凤凰、二凤凰，都夸囡囡好心肠……”

想到家里的树上，以后会落满了漂亮的小鸟，囡囡开心地笑了。过一会儿，她又问妈妈：“小鸟知道咱这是哪州哪县吗？”

妈妈说，就是飞出一千里、一万里去，小鸟也记得，它在哪里出生的，哪里就是它的老家。囡囡是在河边拾到的它，它就会找到这条河，找得到老家，找得着囡囡。

“哦——”囡囡这下是真的放心了。

渐渐地，囡囡在妈妈的催眠曲里睡着了。

这天夜里，囡囡做了个梦。她梦见小鸟长大了，羽毛五颜六色的，可漂亮、可漂亮了。囡囡还从来没见过这么漂亮的小鸟。它叫得也好听极了。小鸟和它的妈妈，还有它的小伙伴一起，全都飞到了囡囡家，它们蹲在囡囡家院子里的树枝上对着囡囡笑。囡囡唤小鸟下来，小鸟一下就飞到了囡囡的肩膀上，用它的小嘴，亲了亲囡囡的小脸蛋后，又飞走了。

囡囡追着小鸟大声地对它说：“小鸟、小鸟，可别飞得太远了。飞远就找不到这里了，以后也就见不到囡囡了。”

小鸟朝囡囡点点头，扑棱着翅膀，冲囡囡又叫了几声。然后，高高兴兴地和同伴们一起飞走了。

囡囡追出自家的院子，望着小鸟飞去的方向，大声喊：“小鸟、小鸟，你记住咱这是哪州哪县，记住俺的名字叫囡囡……”

睡梦中，囡囡露出了甜蜜的笑靥。

拘 留

为了营生，我在县城临街的地方租了两间门面，开了家商店，就在我家开的小商店门口，不知哪位气二大爷的，说我是南天门的栝楼——玄（悬）蛋一个。人堆里立马传来家狗咬生人的齐吠声：

“没错！”

“他确实不老实！”

“还一肚子都是坏水……”

他们往不是人处糟践我，用形容不是人的话形容我，把我不好意思得——脸上差一点就要飘起小红云了。还好！我的脸皮比城墙的拐角还厚，要不然，谁经得起他们这帮气二大爷的口下无德呀！

“人家怎么不老实，哪里装坏水了？我又没偷着给你们谁的老婆挠脊梁骨、吹眼里沙、挖耳内屎、捉头上虱……”

“死到临头，还啄木鸟翻跟头——卖不完的花屁股！”他们一起指了指我身后。

“俺的个娘来——”原来不知什么时候，一辆警车停在俺的身后。

“你不玄，看不花钱的小包车谁坐？你不坏，看牢里的砖基谁去数？”那帮气二大爷的，不依不饶地挖苦着我，你说能不能把我气死！

“那啥——吃过饭了没有？”我朝县法院执行庭的卢办事员走过去。

“吃过了——”一堆人齐着声地替卢办事员回答我。

卢办事员没回答我吃没吃饭，反问起了我：“操办到钱了没有？”

“那啥——咱家里去说吧！”为了掩盖尴尬，我压低着声音说。

“不行！就在这儿老实交代！”那堆人围了个铁桶阵，有几个还抓住我的胳膊和腰带，“想溜？你今天就是想插翅膀子飞，俺几个也得蛋子儿似的，在你下边坠着。”

“不是说……可以……到月底吗？”我吞吞吐吐地，试图使周围的人摸不清个子丑寅卯来。

“大声点！说话不要嘴里半截肚里半截，我们的政策是‘坦白从宽把牢底坐穿。抗拒从严回家过年！’”这帮人嬉笑着出我的洋相，说，今天注定就是看我妖怪现形的好日子。

“你们几个别影响我的工作好吗？”卢办事员让他们离远些。可根本就没哪个小舅子听卢办事员的，他们仍然对我形成一个包围圈。还对卢办事员绘声绘色地说，卢办事员那是不知道，我这家伙玄得很，他们必须得帮卢办事员看着我点。

“没谁同意你说的到月底，我们只限你三天的时间。”卢办事员说，“要不你到执行庭里，自己去跟庭长说说，只有他有权宽限你几日。”

“你要是关我，我就带着被子和衣服。”当时，我光着上身，只穿一件露着膝盖的破牛仔裤。

“带着吧！不关你难道要接你去饭店吃大餐？”那帮人起着哄地说我做梦娶媳妇——净想好事。

卢办事员低着头犹豫了一下，然后，仰起头让我啥也不用带。说见了庭长就让我回来，天也不早了，大家都还有事，争取时间，让我早去早回。

卢办事员说大家都还有事？！天这么晚了，我能有什么事？一会儿操办了晚饭，街上没多少人了的时候，小店就可以关门，我就可以蹬鞋上床睡觉了。“噢？！”我心里豁然开朗，突然一下明白了似的，肯定是人家卢办事员还有事，一会儿也许原告请他吃饭什么的，要不然他怎么能说“争取时间，早去早回”呢？

我刚刚坐上卢办事员警车，这时候，车下那帮气二大爷的，就一片噢噢的欢笑声，说："让你能——不能了——这下高低进去了——"

前面到了一个十字路口，卢办事员让驾驶员把车停下。然后问我，是拿钱给原告，还是现在进拘留所？卢说，刚才那是他的工作手段，我自己也听到邻居对我是什么评价了，不让我带东西，是怕我真的逃跑了。他平日和我无冤、近日跟我无仇的，也不想这么做，可他是端这碗饭的，听差办事身不由己！

"一年有多少天？"我问卢办事员。卢办事员看着我什么都没说，他肯定知道我不会傻到不知道一年多少天。

我有点趾高气扬地对卢办事员说："过去的人讲'山里小孩不怕狼，城里小孩不怕官'，我自小就是在县城里长大的街滑子！钱，我没有。我从小就是被吓大的，这会儿有抗体了。你关一年，我就蹲三百六十五天吧！"

卢办事员却说，他们也不想关我，欠债还钱，那是天经地义的事情。

我眼睛不去看卢办事员，一副吊儿郎当的样子，手搭凉棚却往拘留所的方向望。然后往前指了指，嘴里唱着："往前走——莫回头——通天的银子我没有，看你牢里的砖头，够不够九千九百九啊……"

卢无奈地看了我一眼，只好让司机发动车。车又拐了一个弯，就到了拘留所门前了。然而，拘留所的门前却堆着许多的建材。干什么？干什么？我可享不来这份福！要是让我在树凉荫下打打扑克、拉拉大呱，哪怕就地下四子棋我都乐意，我能把折鼻子针给吹囫囵了，能让协和飞机从针眼里飞过来、飞过去的，还就是不刮翅膀子。要是让我干泥水活，那就有点跷脚丫子撒尿——出狗相了。我一身的懒肉，宁愿它天天闲得痒痒。

我正这么想着，卢办事员先下了车。我又不是老实人，哪会那么乖的就跟他下车？

"你等等，我脚麻了。"我说，"要是能拿小木棒剔剔脚丫子就好了，真的！我这是单方，脚要是蹲麻了，拿小木棒在五个脚趾缝里来回剔一剔，边剔还要边唱'小脚小脚你别麻！给你根小棒剔剔牙'，过不一会儿，管保你的小脚丫不再麻了！你别小看单方，单方它治大病。脚麻它也不是什么大病？！我还有一治感冒的单方，比吃什么药都灵，如果得感冒了，就去拿凉水洗澡，别怕冷，真的！洗得越透感冒好得越快，一次，鼻通气顺精神归；两次，烧退症消身有力……”

卢办事员是官差，根本就不和我啰唆那么多，他把车门打开后，就等着我下车呢！这单方他大概根本就不在乎，那他就别怪我没告诉他，以后，他的家人要是感冒了，就去吃药打针吧！反正那也没什么效果，花钱受罪不说，还无端端地降低了自身的免疫力……

我随卢办事员来到一间有床和桌子的房间，对了，我忘记噘着小嘴或一脸的沉重了，那没办法！我向来是个乐观的人，根本就不会把任何挫折、磨难和遭遇放在心里的，认识的人都知道我的这点性格，他们平时都还说我是活宝来着。

“就把我关这儿？还行！”我嬉笑着对卢办事员说，“你把门从外面锁上吧，我立马蹬了鞋上床，晃荡我的脚丫子玩去了。”

很久很久以前，我在心里就一直盼望，谁能给我一个这么单独居住的机会，不要任何人打搅，有一张板床、一张凳子、一张桌子。当然，晚上要有电灯，我还要一瓶墨水和一支钢笔，稿纸越多越好……

“你就做美梦吧，连这是工作人员的办公室也看不出来！”卢办事员一边鼓捣我的拘留手续，一边不抬头地说，“到时候，就知道把你关哪里了。”

“怎么？不是关这里啊？”我凑到卢办事员跟前说。

卢办事员冷笑了一下，没有回答我。

我心里却在嘀咕，他们会把我关在什么地方呢？那里是不是特别恐怖啊？根据我的判断，想必，那里总比剥驴厅还是要强一点点的吧？

“进号！进号！”卢办事员刚办完我的拘留手续，手里拿着钥匙的一个老头就在一旁嚷嚷开了。

“这里不是号房，那号房在哪里？我还以为号房跟这里一样，都是一人一个单间，每间房里都有电视、桌椅、开水瓶和脚脸盆呢！”我小声嘀咕着说。

“你说的那是宾馆！”嚷嚷着让我进号的老头讪讽地对我说。

卢办事员在一旁笑了起来，说我一路上就是废话多，一嘟噜一串的停都停不下来，也不知道他都从哪里贩来的。

“我就不怕调皮的！他肯定是没在我这里吃过亏……”

“这是谁？一把年纪了，咋还这么孬的脾气？”我小声地问卢办事员。

“他？他就是看守呀！”

“你还派人专门看着我？”

“废话！不看着你，你还不吃了晚饭跑回家搂老婆睡觉去！”

我嘿嘿地笑说：“我还以为拘留就是吃顿饭后，就让回家该忙啥还忙啥去呢！”

卢办事员抬头哈哈大笑起来，说：“你就慢慢地品尝被拘留的滋味吧！据我估计，你不会每天都过得跟吃蜜糖瓜儿似的甜。”

我坏笑着说，那我住这儿干什么？还不如现在跟卢办事员走呢！碰巧了，到天黑还能遇上宴席呢！要不，他怎么会说“早去早回、大家都还有事”。

卢办事员这么急着要走，一准是晚上有宴席。如果是原告请他喝两盅，那我就不去了，碰到原告怪不好意思的。但我是个苦命人呀！刚刚走上社会，还没挣到什么钱，你们可不能把请客的钱都算到我头上啊！如果你们真的要把钱算到我头上，你们就省着点吃，要少荤多素，少盐多醋，少酒多茶，稍坐一坐就走吧！那样对你的身体好，对我的钱包也好……

卢办事员奚落过我后，冷笑一下，夹起公文包就往外走了。

“进号！进号！”讨厌的看守不停地在我身后嚷嚷。他都六十不差啥年纪的人了，到底是在哪里养成的这孬脾气？要论打架的话，我收拾他这样的十个八个也没问题，手上一推、脚下一绊，让他给咱爬起来试试？

所谓的号房，就是里外两间房，外边的一间让我们当洗漱室，里边的一间在地上用砖块支起几张木板，就让我等当床了。但是，却不只是我一个人在这里享受这种待遇，我来以前里边就关着好几个人呢。看他们都有被褥，我急忙冲尚没走远的卢办事员喊：“没铺没盖的，我晚上怎么睡？还有，我还光着膀子呢！”

"你这么快就悟出被拘留的滋味了？"卢办事员回头朝我笑了一下说。

"咱们是人民内部矛盾，你不能用打击阶级敌人的那一套对我啊！"我缓和下来语气对卢办事员说。

看守老头对我刁难卢办事员、说的没衣服穿，表示没什么办法。这时，他好像突然想起来似的急忙对我说，自己办公室有被褥可以一天一块钱租给我。这大暑天里，我租被子给自己捂酱啊？！看守老头想想也是，说了句"那就进到号房里再说吧"，然后，就不再说别的了。

这时，卢办事员回头对我说，他回去通知一下经济庭，看他们能不能想办法给我弄件背心来。我在心里偷乐起来：他们真能给我弄件背心？

"别太为难，我不太喜欢贵的！那种全棉的，胸前印着大写意卡通画的就可以。"

卢办事员这回笑出了声，哈哈大笑着出了拘留所。

我心里也在坏笑：经济庭是不会掏钱的，他们让原告去给我买背心，原告的嘴一准噘得比鼻子还高，账没要回，还要赔件背心给我，他肯定不会干的。

我友善地向拘留室里的人打招呼："你们都不忙？"

号子里的人苦笑了起来。

"本来挺忙的。忙得蛋子跟摇耧似的，请咱到这里歇歇，咱哪能不给公安局面子？"一个干瘦干瘦的老头说。

干瘦老头姓茅，号子里的人都喊他老茅。老茅叔侄和他们的村长，因为围攻殴打计生专干，是今儿个上午，被公安局请到这里来凉快凉快的。

还有一个外号叫长毛的人，大概没钱剃头咋的，留那么长的头发，土不土洋不洋的，这小子一年前打了人，法院判他赔偿对方三千多元的医疗费，执行庭几次找他，都给他跑掉了。七天前的早五更，终于被卢办事员他们在床上逮到了："跑？再跑个试试？小舅羔子跑得了初一，还跑得了十五？！"

"你呢？你犯了什么事？"大家用眼睛问我。

"唉！小孩没娘，提起来话长了！"我说。几年前，我同原告合伙做生意，赔了。原定今年年底还清欠他的五千块钱，他说孩子上学要用钱，我打兑够钱交给他，他却不接，挑着下巴说：“利息！利息！”

“怎么有利息了？”

“怎么就不能有利息了？狗还能下小狗子呢！钱就不能生小钱了？”

我对老茅他们几个说，我和原告原来是朋友，我刚刚步入社会，两手空空的没什么本钱，原告则是混世多年的老江湖，经济实力不错，出的本钱多，我出得少，但我们约定利益和亏损均摊，哪承想我出师就遇不利，可以说，那次连我的信心都赔进去了，我还分得了这五千块钱的债务，约定了今年年底还钱，但当时根本就没说利息的事。

我对原告说：“你这是要和我断交啊？咱少废话，你说多少利息吧！”

“断交不断交的那是你的事！利息不多，是一万五千八，本金五千，总共两万零八百，给你八百块钱的人情，净两万，拿钱吧！”原告用一点也不容商量的口吻对我说。

“你个小舅子是不是做生意又蚀本了？”我也生气了，把五千块钱往桌子上一摔说。我平时还真不大会生气，但我真的拿不出两万块给他，旧社会驴打滚的利息也算不到这么多啊！

“是！”原告说话往不讲理那方向奔去了，他说，他个小舅子就是又蚀本了，而且这次蚀得惨，快要掀屋卖瓦了。他听说我这两年混得还行，让我可以把当初我们那次蚀的钱全摊到自己的身上。算我发扬风格学习雷锋，救助贫下中农，支援灾区、特困户、失学儿童、残疾人、非洲饥民……

“你这话是怎么说的？”

“怎么说的？我亲小舅子现在调法院去了。不给那么多钱，我就去起诉你！”

我也有我的驴脾气啊！那倔劲一上来，管他的小舅子调不调法院去！我拧着脖子说，我家小舅子还调国务院去了呢！让狗日的只管去起诉吧。

“还真小看了王八羔子，这不，话落音没几天，我就在这里同大家会师了。”

“结婚了吗？”老茅问我。

我挠了挠头一半真一半假地说：“两个孩子了，但孩子的妈妈不跟我客气，见我没什么能耐，让我滚一边撒尿和泥玩去了，她说这辈子再也不想见到我了。”

“她总会送件衣裳给你吧？”老茅那村的村长，用自己善良的思维方式问我。他认为看在夫妻一场和孩子的分上，只要我妻子还没有嫁人，她就不会不管我死活的。若按他善良的思维方式，我妻子就是嫁人了，有孩子的关系，她也不是和我没有任何关系的人。她总会可怜我的处境，为我提供尽可能的帮助吧？照他这样想，我妻子即使过着别人的日子，还会隔三岔五地跑回来给我做顿饭？呵呵，村长他们怎么这么好玩呢！

“我想她不会可怜我的。”我说。怎么对老茅他们说呢？我这里边是有小阴谋的。

“没打算再找一个？”老茅不甘心地问我。

“到哪里找去？钱、权、势、貌、才我一样也不占，啥样的女人肯嫁给我啊？”

“有你这金镬头，还愁个槐木把？”老茅不太相信我的鬼话地问。

我是金镬头？我哪里像金镬头了？这老茅还真能抬举我。这话要是给我妻子听到了，一准和他开战，联合国维和部队来了也休想平息事态。她特会挠人的，你要是因为什么事得罪了她，不管你准备好还是没准备好，她不动声色地走到了你的面前，也看不清她的手是怎么扬起来的，你只觉得眼前黑影一晃，呵呵！脸上的血丝就冒出来了。

我心里想着妻子挠老茅脸的情景：她一把挠下去，肯定不会像挠我的脸时，会是几道的血痕。老茅的皮肤又黑又老，脸上还尽是红薯田埂状的沟沟道道，她那一把下去最多跟挠在搓衣板上差不多，给老茅留下的是几道跳跃式的血点……

今天早上，我对妻子说，我预感今天会有麻烦事。她说有麻烦事好啊！麻烦越大越好，最好能立马让公安局的把我拉出去枪毙了，就怕麻烦事出得不大不小的，让她改嫁不是，不改嫁也不是。

“真的！”我说。如果法院要是来人把我抓去，让她千万别送饭给我。她这道防线再被突破，我们家就只有乖乖地拿钱了，那样，我家开的小商店，就要被掏空了。

“放心！我巴不得拘留所是渣滓洞集中营呢！”妻子这辈子也没用好话对过我。这次没说我进的是剥驴厅，已是万分地嘴下留情了。那剥驴厅是什么地方啊？那是驴间恐怖至极的炼狱呀！来一个剥一个，来了就剥皮，只准进不准出。然后，把白肚青背的皮扯开，钉在满是驴皮的墙上，肉给切成一小块、一小块的，给汉族群众下汤锅……

唉！我和妻子真的属于没缘分的那种夫妻，哪天不吵架，饭就吃得没滋没味。这些不高兴的事不提了，咱还是先回到拘留所这边来吧。

我以为看守我们的只有那糟老头，其实，门口还拴着一条狗。好赖是没人拿铁链条拴我们的，那狗就不行了，它跟美国鬼子拴着小日本似的，不管黑天白日，一条铁链牢牢地系在脖子上。它是不会说人话，不然它准会提抗议或强烈抗议，骂拴它那人的娘也不是不可能的，谁知道呢？晚上，看守在隔壁睡觉，就用它看着点我们，听着点我们在屋里的动静。

我躺在拘留所的木板床上，眼睛盯着房顶，心里却在琢磨着门前的这条狗：要是懂狗语就好了，一定就知道它发出呜咽声的意思。然后，用狗语去跟它说说，小狗子，你别吵也别叫，看守老头睡着了，你让咱回家玩一会儿，然后拿件衣服就回来。

大家都知道，要想让狗不对自己发出狂吠声，就必须巴结好它。于是，我们白天就用馍头喂它，还不得不夸它几句：耳朵竖得直，皮毛像德国黑背，爪子像美洲虎爪。但它其实就是一条杂狗，我们这么往洋里夸它，就为讨它的欢心。但，它的食物尚没咽到肚子里，就又朝我们汪汪起来。

看样子，要是想逃跑，不会狗语，又巴结不好它，想让它半夜里不汪汪，有点太难了。

第二天中午，卢办事员来了，我故意朝他敬了个纳粹军礼：“嗨！希特勒——”

卢办事员嘴角挂了一丝笑，走过我身边时，把我伸向他的那只敬礼的手给拨拉下来，说德国鬼子的军礼在他这里不好使。

“我还光着膀子呢！”我对卢办事员忸怩作态着，说，“我又不是卖肉的，老腆着肚皮像什么样子？被人误会是演三级片的怎么办？我真的会害羞的。”

“你又不是大姑娘，露两天不要紧。”卢办事员笑说，“你真是个活宝，要不是这事，没准儿咱俩能成好兄弟。”

“别价，我是一混混，小心污了你的名声。”我这人还就怕抬举，见卢办事员有点想抬举我的意思，我的脸一下子红了，是红到脖子根的那种红。人一下子规矩起来，再没有了那种玩世不恭的神态。

“不都是人吗！”卢办事员说，“想想法子，一点钱不还人家能毕事吗？”

“我也不能给他两万元的利息呀！”

“谁要你两万元的利息了？连本带息加上诉讼费、执行费也才不过五千七八百元，你又不是还不起，哪怕象征性地多少还点，我们也好向原告交代，你也该干吗干吗去了，省得在这儿受这洋罪了！”

卢办事员说得比较中肯，也还中听，但，如果一下全给了原告，不等于我向他低头了，或是我被法律吓破胆了。但，卢办事员的那句“象征性地多少还点”被我记到心里了。如果象征性地还点就能出去的话，我当然愿意离开这个鬼地方。你们是不知道，这拘留室的外间说是我们的洗漱室，其实，大家的大、小便晚上也在那里解决。里间就是关上门，也能闻到一阵阵往里蹿的臊臭味。我这人平时还是有点小洁癖的，拘留所的环境，我还真有点不适应。

我答应卢办事员，和他一起去打我朋友东方的电话。电话里告诉他，因为和别人发生经济纠纷，我被关进了拘留所。东方还没反应过来出了什么事，我却在这边对着话筒说：

“你只有五百块钱哪？这还是你家下个月的生活费呀！我知道你一家三口就指望你的这点工资，你不帮我谁还能帮我呀？我出去后就想办法还你，放心！我不会让你家敲米筒的——”

我放下电话，装作无奈地对一直在旁边的卢办事员说：“朋友只有这么多，还得过两天才能送来。”

“五百太少了吧？你还有朋友吗？借个存折抵押给我们也行。”卢办事员有些为难地说。

我突然想起一个人来，也不知道她什么时间、在哪里弄到的一张假存折，上面有银行的公章也有工作人员的私章。但它就是地地道道的一张假存折。有一次，我们在一起聊天的时候，她开玩笑说如今自己身上也有两个了。

我取笑地问她：“你有两个什么了？虱子？！”

“你才有虱子呢！”她嗔怪地笑说。

“我有虱子也是从你那儿爬过来的呀！是你先有两个的好吗？”我占她便宜地说。

“我说的有两个，是有钱！你的明白？”

她还“日本”起来了，以为我不知道她一天吃几顿饭。她的先生并不是那种在某行业叱咤风云或有多少经济头脑的人物，也不过是小县城里为衣食奔波劳碌的一族罢了。见我一脸的不相信，她从口袋里掏出那张四万元的假存折。当我把傻笑变成傻眼时，她自己却笑了起来。

“要是真的就好了。可惜是张假的！”

我问她弄张假存折干吗，她说，她也不知道，是她老公找人弄的，可能是想做生意让对方相信自己实力的吧。结果，生意没做成，假存折也没用了，她就拿着玩起来。

我想，如果能把那张假存折拿来，也许就把卢办事员给蒙了。他一旦把我放了出去，哪还管他以后抓不抓我的辫梢。卢办事员痒让他自己挠去，卢办事员愁让他自己烦去。我从此就离开这个小县城，想办法找一安静去处，越偏僻越原始越好，最好是能与世隔绝的地方。然后，静静地去做我心中的一个梦。

我拿起电话，却对身边的卢办事员说：“你可不能直接取了人家的钱给原告。”

“绝对不会！你以为我们是黑社会啊？！”卢办事员拍着胸脯向我保证。我要的就是卢办事员这句话，然而，电话那端却说她已经下班了。

她叫晶，六年前，我们在县文联举办的文学讲习班上认识。十五天的讲习班结束后，她内向得谁也不认识，而文联的老师抬举我，说我的小说写得有点像那么回事了，并拿出我的几篇小说习作让大家传阅，所以她记住了我的名字，而我则记住了她的美丽。

是的，我是一个文学爱好者，天天做着作家梦。

后来，我和晶互通了几封信，感觉不错，两人还约见了一次。那次，我告诉她，我已经结婚了，并有了一个一岁大的儿子。她傻了半天后，就没有再说一句话。此后六年，我们没见过一次面，也没有对方的任何消息。我还担心过她的身体，她曾被恶犬咬过，总疑心自己会患狂犬病，然后很凄惨地死去。

六年后的一天，她在家没事干，拿着当地电信局每年都印制的电话簿翻着玩时，突然就看到了我的名字，也许是心血来潮。她拨通了我的电话，问我是不是喜欢写小说的那个。

“晶？你是晶？你在什么地方？现在怎么样了？”我激动得语无伦次起来。

她就在我住的这个小县城，也有了一个男孩，现在两岁多了。

“现在咱们一样了。”她比六年前大方多了。

“不是啊！”我说。由于国家的少数民族政策和我家人的封建思想，我现在已是两个孩子的父亲了。这次，她一点也没有再觉得失落，问我现在还经常和妻子吵架吗？

“你怎么知道我们爱吵架？”我有些惊讶地问。

“因为我一刻也没忘掉你呀！”晶有些顽皮地说。

“又开玩笑了！”我说。我是个不现实的人，爱瞎幻想。妻子性格暴躁，对我恨铁不成钢。不吵架我们拿什么下饭呀？谁也别想饿着我们是不是？晶说，他们夫妻倒不是那么能吵，生起气来一两个月谁也不理谁。最后，她叹了口气说，也不知道好日子都让什么人过了！

她除了还是那么漂亮外，又增添了时髦和少妇的性感。

“你怎么没嫁给皇上？”我们见面后，我开着她的玩笑说。多年后重逢，她依然是一脸的喜悦。说，皇上那短命鬼死得太早了！再说了，也不让她带一个写小说的朋友进宫，就让皇上滚一边撒尿和泥玩去了！

我嘴上说，别扯了！我这人命不好，哪敢和她这样的美女做朋友？阎王老儿见了也要吃醋，想办法短我阳寿的。但，我花花肠子里却恨不能马上就把她征服了。像她这样不让人馋掉大牙，也让人五迷六道、魂不守舍的美女，怎么能不让人浮想联翩呢？何况我是一个善于想象的文学爱好者，臆想也要把她想上几回的：

在一个不热不冷的季节，到处是鸟语花香，世界上只有我和她，我们穿梭于百花丛中，呼吸着清新的空气，她穿着洁白的长裙，甜甜地笑着和我牵手……

或是，在一片绿油油空旷的草原上，不远处是我们的雅致的小木屋，我们并肩坐在草地上，陶醉在大自然中，她手里捏着一朵洁白、黄蕊的小花，天真地嗅着小花的芳香……

抑或是，在小河边的沙滩上，我们赤着脚，一会儿走到脚脖深清澈透明的水里，一会儿走在长满青草的岸边，我们就那么手牵着手向前走，迎着火红的夕阳走向远方。

…………

不是有句话叫“秀才造反，十年不成”嘛！原来，古今的秀才都一样的秉性，皆是生活在臆想之中，现实里却一点出格的事也不敢做。与晶六年后的约会，一切虽然像我想象的那样，她坐在了我身边，而我却不敢拿手碰她一下。但是，玩笑我还是很敢放肆地开的。我问她红杏出墙了没有？她说美女有几个不红杏出墙的？但她确实没有。我逗她说，如果她要是想出墙，就往我这边出吧，我这儿特适宜杏枝疯长。

她笑问：“是吗？真的是吗？”

晶想象中的文人墨客，个个都是一肚子花花肠子，风流韵事满天飞。她要我老实向她交代，骗了多少无知少女了。但，晶有一点不知道的是，我天生羞怯，从来不敢正眼看女人的。我有一个女性文友，家也是在县城里住，她的名字我记得很牢，也熟悉她的文笔，我们经常碰面，但每次碰面我都觉得跟她不认识，每次都是她先和我打招呼，我才能想起来是她。

有一次，她在大街上看到我，喊住我问我去哪里，我低着头说没什么事，在店里蹲久了出去转转。跟我唠了一会儿写作的事后，她突然生气地说："你说话的时候能不能别老是盯着地面，看着别人的脸说话，才是对别人的尊重。"被逼无奈之下，我不得不用眼睛迅速地扫了她一下，然后，抬起羞红的脸说，自己还有点别的事，就匆匆地走掉了。

我对晶说，我其实只是个大脑不太老实的人，行为上却绝对保守。人家的杏花、杏叶啊，确实一片也没留意过，更没有想过去折一枝、碰一朵。

"你老实得不捏活蝎子吧？怕它蜇你！"晶根本不相信我的鬼话，认为我是在编故事骗她。她既然不相信，我再说自己老实也没有用了。于是，我就干脆放肆起来，说，让她去没人的地方打听打听，看我到底是不是好人。晶笑了起来，把手卷成喇叭状，朝远处低声喊："喂——这一带没人吧？没人，那我打听一下身边的这个花心作家，他有多少个情人？哦——数也数不清啊！"

我嬉笑着说，晶是东西的耳朵，南北着听！人家说的是："数来数去就一个晶。"

我朋友东方出现在拘留所的窗口时，我们几个被拘留的人正躺在铺板上扯闲篇。老茅可能认为我这人还有点意思，又离婚了没有老婆，张罗着要给我介绍个对象。问我过家女要吗？他怕我不懂，又跟我解释说，过家女就是结过一次或者几次婚的。我糊弄老茅说，什么样的都行！只要是个女的，不嫌弃我没能耐、没钱的就行，我年轻少壮的，还真有点快熬不住了！

"这么快就熬不住了？"东方在窗口突然答起了话。

"不是，不是！"我赶忙从铺板上爬起来，迎到窗口跟东方解释，自己是在和人家说别的事。我对东方说，这个行宫还不算最差的，怎么说拘留室也是混砖、混瓦的房子，比这更差的土房子、土窑洞我都住过。又问东方，怎么这会儿跑来了？

东方在一个事业单位工作，他本名不叫东方，是看武侠小说看多了，很喜欢武侠小说里的东方不败，就给自己取了个名字叫东方。东方跟我认识也是在县文联办的讲习班，他平时喜欢弄两句诗歌，不能说诗歌写得怎么样，就是有点爱好。他是个热心、大方又大度的人，讲习班结束后，我们成了最要好的朋友。

东方问谁负责我的案子，他要去看看有没有协商的余地，先让他们把人放了。“一个姓卢的。”我没有拒绝东方的好意。如果他们同意拿五百元放人，就让东方去我老婆那里拿钱给他们。并让东方说，那是他将近两个月的工资，要是法院答应放人，就把那五百块钱交给法院执行庭；如果不答应放人，让东方立马把钱拿走，五百块钱也不给他们了。然后，放不放的由他们去，我还真不想出去呢！

如果这里能是一个单间，我就让东方把笔和纸送来，在这里不愁吃不愁喝的，顺带着就写起小说来了，十五天写部中篇的初稿应该不会有问题。可惜这里不是单间，人多事杂让人静不下心来。我只好让东方明天给送件衣服来，老是腆着肚皮不说，牛仔裤烂得屁股那儿也要开门了。

东方走后不久，我突然意识到，如果卢办事员识破了晶的假存折，我出不去事小，万一让晶难堪了，或者涉及法律了怎么办？

第二天一早，在卢办事员尚未来拘留所前，我报告看守，要出去打个电话。

晶接了电话后很是吃惊，连连说她该怎么办？我告诉她什么也不要干，我昨天是一念之差，答应卢办事员向她借存折。如果我今天再打电话给她，让她大声地对着电话说，存折上的钱已经取出来用了。晶在电话里语气紧张地说，吓死人了，并说要来看看囹圄中的我。

今天，长毛的老婆一早就去了法院，执行庭仍然让她想办法操办钱。庭长告诉长毛老婆，没有的话，可以先少拿一部分，剩下的定个还款计划。长毛的老婆还没把庭长的话转告完，长毛“嗷唠”一声，就包不住火开骂了起来。

“一分钱也没有！让他们枪毙了我，我谁也不怨，就怨我自己的命短。”长毛可着喉咙地吼老婆，“不经我同意，你不许给他们一分钱，不然！我和你有算不清的账！”

“你啥时听过人一声劝了？”长毛的老婆噘着嘴小声嘀咕，又说，“你要不是欺负得人家睁不开眼了，能会落到今天这一地步？！”

“滚你娘的蛋！”冷不防地，长毛咬着牙踢了老婆一脚，“日你娘的！你是来看我还是来气我的？你得了那边什么好处了？是不是我这几天没在家，那边的男人弄你舒坦了……”

长毛往下就没有人话了。幸亏我们拉得及时，长毛媳妇才拖着被长毛踹痛的一条腿，一瘸一拐地溜掉了。长毛见有人拉自己，更是来了劲头，挣扎着不依不饶地追着老婆骂。说，这些年把她逞得不是她了，敢跟自己犟嘴，还替对方说起话来了。如果自己不是被关在拘留室里，她今天就是钻进老鼠窟窿里，也肯定会把她拽出来痛痛快快地揍一顿。

我冷眼看着长毛的残暴，绝对相信他说的“早两年动不动地就捶自己老婆一顿。老婆甚至不敢哭一声，回到娘家更是半个字也不敢提”。

由于社会环境越来越自由了，人的天性逐渐地得到了释放。好人、善良人获得了自由身，心情一下子舒畅了起来。但，那又像打开了潘多拉的盒子。绝迹多年的坑蒙拐骗、小偷小摸、打架斗殴，甚至杀人越货、卖淫嫖娼，似乎也都一下子爆发出来了。本领大些、有点后台的，靠打砸抢占、奸淫邪恶，成为城里的黑帮；本领小些、后台不牢的，欺良压善、强买强卖，成了称霸一方的农村村霸。

长毛就属于后者，他没有什么仗势，就凭一个“孬”字欺负本村人。他打得过的打，打不过的就掂刀弄枪。乡里乡亲，抬头不见低头见的，还是想好好过日子的善良人多，谁也不想拼上性命去惹他。但，长毛这类人，却把善良人的忍让、迁就，当成软弱无能，更加助长了恶脾气，连他老婆都能说出“他要不是欺负得人家睁不开眼了，人家会去告他”这样的话，可见他作恶作到了什么地步。

村长和老茅打算和长毛争辩，说，长毛老婆难道没长手，肯那么老老实实地由着他打？

“你不说我们也是这么估计的。”我冷冷地打断村长和老茅对长毛的劝解，说，“农村有句话‘在家不打人，出外人不打’。长毛老婆就是天天吃长毛家的烧饼麻花，肯定也不会觉得香甜！像长毛这样的人，也就有点家跟前的种，出了门准是一个挨打的料！”

村长和老茅见我对长毛冷嘲热讽的，也都认为这个人的品行不咋的，跟我一起对他皱起了眉头，都不肯再搭理他了。长毛尴尬了一阵后，自我解嘲地说：“再打再骂还是我们两口子亲，回到家往怀里一搂，她还不是乖得跟猫一样……”

长毛的话还没有说完，老茅的侄子就在一旁吼起了《红高粱》，那歌跟要勒死驴似的，好听！

“去他妈的长毛！”其他人肯定和我一样，在心里狠狠地唾弃着他。后来，长毛又说了些什么，我一点都没入耳，也不想知道他又说了些什么，反正这一天都没人再搭理他。

东方给我送衣服的时候，说，他见过卢办事员了。卢办事员和庭长吵了一架。庭长一定要我拿出一半的钱才肯放人，后来，卢办事员悄悄地告诉东方，让我安心地在里边蹲着，一分钱也不要往外拿，十五天一过，庭长必须立马放人。我问东方用了什么高招，能让卢办事员反水，帮着我说话。他嘿嘿一笑，说，卢办事员最佩服作家了。

“你把我吹成作家了？我倒是想帮作家们去提鞋、挎包，就怕他们嫌弃我的手粗，不肯要我！”我朝东方无奈地笑了笑说。

“给作家提鞋、挎包干吗？你肯定也能成为一名作家，那只是时间的问题。”看东方说话的语气，似乎比我还自信。我以后能成为一名作家？开玩笑的吧！

我真是梦想当一名作家的，但我的天资不够聪慧，文学意识又不足，也没有所谓的灵气。所以，就一直没能写出什么让人满意的东西来，只能把文学创作当作一个爱好。然而，一些人却又不这么认为，就像文联的几位老师、东方和晶等。他们都认为我的创作路途无量，只是为了生计，在小说写作上投入的精力尚且不够罢了。再说了，文学创作不是一朝一夕的事情，越是渴望成功，越是不得成功。我也曾不止一次地问过自己：你是想急功近利靠炒作这股虚火，成为一个沽名钓誉的人？还是想成为精雕细琢、把自己的作品锤炼成经典的人？我当然希望自己是后者，我甚至希望自己是曹雪芹、蒲松龄、卡夫卡这类死后作品才传世的人。有志不言志，除了圈内的人，就连我家邻居都很少有人知道我喜欢写小说。当然，我也被一些人看成糟糕透了的人，代表人物中就有我的妻子、原告和那些说我是玄蛋的人。在他们的眼里，我是个连尿泥钱也不值，比狗屎还要臭的人。

我却没有穿东方送来的衣服，有了卢办事员跟东方说的“一分钱不拿，十五天后庭长也得放人”这句话，我现在不打算拿钱给执行庭了。然后对抗下去，最后让原告回过头来求我，说“兄弟，我错了，我不该贪心，你原谅哥哥的一时糊涂”。

既然装，就要装得像些，我要让法院觉得，确实没人管我的死活，更不会有人拿钱赎我了。嘁！我哪能让原告那么容易，面鱼儿似的把我给捏了？

上午，县文联的一位老师听说我被拘留起来了，也跑过来看我。她言语里尽是埋怨执行庭轻易关人的话。说：“多大的事嘛？！法院里有亲戚就了不起了？”

我说：“这小子可能做生意又大亏了一把，想从我这里捞补回来。”

“东关放屁西关捂灯的小县城，公检法就他有熟人？”我这位老师的侄子，是县公安局的一位副局长，她要让拘留所尽快把人放了，话不落音就要去公安局找侄子了。文联的这位老师有点急性子，一转身差一点撞到一个骑自行车进拘留所的人的车子上。

进来拘留所的人，是个十八九岁的小女孩，她是老茅的女儿，是来看老茅、村长和她堂兄的。老茅女儿在窗口望了一眼，便蹲到一边地上呜呜地哭了起来。她哭老茅黄土埋到嘴唇的人了，还连累着村长和堂兄一起蹲了班房；更怕他一把老骨头了，在拘留所里经不起传说中对犯错人的暴打。

“没谁动俺一根毫毛，不信你看看我身上，哪有一点青红印？”老茅撩起衣服，转着瘦骨嶙峋的肋骨让女儿看。她真的就睁着一双泪眼，仔细地翻看起老茅前胸后背、左右两肋来。看了两圈，她又用怀疑的泪眼，去看村长和堂兄，担心是他们替老父亲挨下了这顿毒打。

“真的没人打我们。”村长笑着说。老茅脱了小褂，要打个车轱辘给女儿看看，说：“年轻时，在生产队刚刚轧好的湿软打麦场上，我一气能打四五十个呢。”

我们和村长急忙让老茅别逞能，怕他摔出个好歹来。老茅却执意要在我们的铺上翻个跟头，给女儿看看，直到女儿说，相信他们没挨打了，老茅才不闹腾。

老茅的女儿叫小五，长得小巧秀气。老茅说，十九岁的女孩在乡下是大龄女孩了，媒人给她提了十几家，她都没点头。她要找个什么样的对象呢？老茅弄不明白，又不肯委屈了小五，就没有强当家给她定亲。老茅的老婆去世得早，他心里最疼的就是这小五了，啥事都由着小五的性子来。愿找个什么样的对象，也随着她的性子去。

老茅叔侄和村长被抓的起因，是计划生育小分队去老茅的村里抓结扎。那天，小五抱着小侄女在树凉荫下玩。小分队在不知情的情况下，路过她身边时，可能是出于职业的敏感，随口问了她一句：“你生的这是第几个小孩了？”

这一问把个大姑娘小五给问哭了，有人在旁边再那么添油加醋地一咋呼，说，小分队的要拉小五去结扎。这下算惹了老茅村里人的马蜂窝，村长就带着老茅叔侄，以及一村的村民，把计划生育小分队的车给砸了。

派出所把他们几个关进来前，他们是从来没有进过拘留所的。只在外边听人云亦云的，或者看电视剧《水浒传》里犯人都要挨杀威棒等，认为号房里面恐怖得很，犯人打犯人肯定打得特别凶残，听说好好的人进去，不被打个腿断胳膊折，也要脱落一层皮、断几根肋巴骨的。小五就非常担心父亲、堂兄和村长他们，怕被人打出了个好歹来。

老茅翻了个跟头后跑去窗口，安慰着小五说，这里不用风吹日晒，比外边还强呢，就是不能招呼地里的庄稼了。见小五脸上终于有了一点笑容，老茅就把我和长毛介绍给小五。说："这个是胖子，那个是孬熊长毛，我们相处得好着呢！谁会打我们？"

"别说没人打，就是有人打，我们也会替老先生接着的，保证不会让你爸爸挨身上一下。"村长也过去宽慰小五。说，以前在外边听说的，根本不是那么回事，那都是人家乱讲的。

"老茅，我对你有意见啊！你刚才怎么介绍我的？"长毛脸上挂着笑地向老茅抗议。

老茅有点莫名其妙，愣了一下把他刚才的话又重复了一遍："我说的城里的他'外号叫胖子，你叫长毛'。我没说错啊？说咱们相处得好着呢。"

"你原话可不是这么说的。"长毛摇着头说。

"我原话怎么说的？"老茅有点不解地问。

"你原话说的是：'这个是胖子，那个是孬熊长毛。'"长毛重复着老茅的原话。

"是啊！我原话就是这么说的，我没说错啊？"老茅一头雾水。

"还没说错呢！你怎么介绍到我的时候，就带上了你的那句口头禅？"

老茅是有句"孬熊"口头禅的，且带得非常频繁。但，没想到带在长毛名字前边了。我们都发自肺腑地笑了起来，小五更是笑去了满脸上的愁云，换成一副桃花面了。

李耳老爷子当年说"祸兮，福之所倚；福兮，祸之所伏"。正当我有点陶醉地欣赏着老茅女儿小五愁眉舒展、颦笑撩人心时，东方却给我带来了坏消息。那是不久前，我南京的一位朋友，被人骗得倾家荡产，妻离子散了。后来，他把那骗子弄到了我这里，用我的房子关了十几天，想讨回被骗的钱。起先，我和南京的朋友两个人看着那骗子，我还对他讲了很多感化他的话，那小子嘴里答应退还所骗的钱，却在我不在的时间里，和我朋友干了起来，并把我朋友推倒在一块玻璃上，破碎的玻璃割断了我朋友的胳膊肌腱。我看要出大问题，和骗子一起把朋友送到医院包扎好后，让两人一起走了。回到南京后，一个状告重伤害，另一个则状告非法拘禁。现在，南京那边的检察院要来我这里调查取证。往大了说，我是协同朋友非法拘禁；往小了说，我也是提供了非法拘禁的场所。哪一样也不会放我在清水里待着。我赔不起钱，更赔不起人。这下，我心里是真有点发毛了，打算尽快逃离拘留所这个鬼地方。

我让东方告诉我妻子，万不可让南京检察院的人知道我在这儿关着。否则，被押到南京去，啥样的街滑子给你不弄得脱落一层皮？

“南京检察院一定要见你一面，嫂子已经答应下午给他们回话了。”东方对我说。

“她怎么这么糊涂？”我有些焦灼不安起来。她平时特能号叫的，其实一点主心骨也没有。还写了字条要我回话，说如果不配合南京检察院的工作，没事也有事，小事给变成大事。我气愤难耐地给她回了几句话：“你是不是想让我去吃南京的‘商品粮’？！除非你出卖我，否则，我绝对不会和南京检察院的人见面。”这糊涂女人，真是让人卖了还替别人数票子！我把字条交给东方后，再三叮嘱他，一定要把我的意思给她解释清楚。

老茅叔侄和村长没什么大事，他们最多的拘留十五天，短的才拘留十天，他们是不可能逃跑的。当晚深夜，我问同样前途未卜的长毛，是否愿意逃跑？他赞同地说愿意，逃出去后，他到上海打工、卖水果，或做小生意，反正干什么都能养活自己。

而我则想远走天涯，找一安静所在，隐居下来写小说。这是我同妻子天天吵架时，就蓄谋已久的想法。我不想再为蝇头小利和人世间的烦琐小事，浪费我的生命了。现在，就有一个非常好的理由，让我丢掉对家庭不负责任、逃避社会现实等装孬种的指责。

我逃出去后，有几条路可走呢？

一是，去西宁我亲戚家，不至于挨饿。但，想静下心来写小说恐怕就不容易了。可能的结果是：人茁壮地活下来，文学梦却又要烟消云散了。这是下下策。

二是，我在浙江嘉兴还有一个朋友，他有一间近乎郊区的房子，可以让我静静地做文学梦。但，南方人精明算计，再好的朋友也是各花各的钱，绝对不会在经济上对你有半点的照顾，没人能保障我的生活。

我还想过找座庙去做和尚，传说很清闲很自在。但却要我背叛回教，改变我自小养成的饮食清真的习惯，我坚定地摇了一下头。

我最早做文学梦的时候，是想一路乞讨，一路远行，一路写自己的小说。我至今也认为这是一个不错的想法，但我真的又害怕，我根本就没有什么文学细胞，到头来白把自己当不是人一回。

但我仍然渴望去一个生疏的地方，离家越远越好，最好永远都不要再回来了。我渴望安静，渴望远行，渴望漂泊。

夜深得让老茅他们，以及隔壁的看守鼾声如雷，估计把他们抬出去埋了，他们还以为是谁给盖床被子呢！

我走到门前，只两下，那门便开了。

一旦逃出去，我就将过另一种生活了。我却很想再最后见晶一面。也许苍茫人海里，我们再难见一面了。她说要来看我的，如果她来了，我却已经畏罪潜逃，并且永远不会有任何音信了，她该怎么怨我？

和晶六年后的约会，使我灰暗的生活一下子灿烂起来。我的好运似乎也接踵而至，先是小店的生意越来越好，经济渐渐地有了起色。后来，我的一篇被省内文学期刊退稿的小说，在自然投稿的情况下，居然被国家级某文学期刊头版头条刊发了，副主编还亲自回了信："你的小说已经通过三审，将于近期刊发，请勿另投他刊。另，期待你精彩的下一部。"这让我对小说写作渐渐失去的信心，重新迸发出来了。

自那时，我在写作，甚至生活上都有了些许的自信。

有一次约会，晶让我看她白皙小腿上的两排狗牙印，情绪低落地说："我不会活太久的！"

平时不敢正眼看女人的我，自信地也敢下手去爱抚晶那看起来颜色有点灰暗，摸起来有些发硬的洁白小腿了。而晶一点也不为所动，她悲观地认为，自己也许明天就会狂犬病发作，嘴里吐着白沫，学着狗叫，见谁咬谁。最后被人绳捆索绑起来，悲惨惨地死去。这个时候，晶多半是和丈夫，至少两个星期没说话了。她似乎到了红尘无情趣的感觉，心情极是不好。

我告诉晶，我也曾经被恶狗咬过，小腿上的那块肉也很硬，但我从来不去想它。狂犬病的发病率仅仅为万分之三，没什么可怕的。

晶仍然只是一味地摇头，她怎么都摆脱不了心中积淀多年的阴影。

我坏笑着安慰她："要不你咬我一口吧，你一旦狂犬病发作了，我也跑不掉。咱们一起去阴曹地府幽会去，保不齐，我们还能在那里登记结婚呢?！这辈子亏了，下辈子我可不能再放过你了。"

"真的？那我可真咬了。"晶笑了。

我男子汉地挽起袖子，闭上眼睛，把胳膊伸给她。

"不行！胳膊离大脑太远，不易发作。"晶说，她听医生说的，离大脑越近越容易发狂犬病。

"这可比你的小腿离大脑近多了！"我有点不识时务，据理力争地说。

"一看你就没有诚意！"晶撇着嘴说，意思是我有点想糊弄她，"有诚意的话，面部是离大脑最近的地方。"

怎么能让她小看了？我眼一闭说："谁怕谁啊？能被漂亮女人咬死那才叫浪漫，做鬼也风流啊！"

晶捧住我的脸，没咬，却吻了一下。

我、我，我大脑开始凌乱起来……

就在我陷入对晶的甜蜜回忆中时，一个黑影突然向拘留所这边悄悄地靠了过来。我急忙把撬开的门恢复原样，并快速地回到铺上佯装躺下。

在狗的狂叫声中，我妻子的身影出现在拘留所的窗口。她是来告诉我，南京检察院的人已经走了，他们把要向我调查的材料和手续，留在了当地的检察院。

"人家就是想从你这里录个口供，问一下当时事情发生的经过。"她语气轻蔑地说。妻子甚至不屑地认为，我的害怕绝对是小心过火了，是完全多余的。她漫不经心地说，现在南京检察院的人走了，我再也没必要害怕了。

“你还傻着呢？那是南京检察院的人没找到我！”我越发坚定地认为，自己娶了一个没脑子的傻瓜。

看守和老茅等人都被狗叫声惊醒了。他们齐刷刷地静静注视着我和妻子，看着她把好吃的、两瓶冰镇啤酒，以及一些零用钱交给我后，再匆匆地离去。看守在我妻子离去后，意味深长地来到窗口，盯着我看了看。

我不好意思地朝他笑笑：“冰镇啤酒，你也来一瓶吧？”

睡眼蒙眬的看守，显然没兴趣吃夜食，他摆了摆手说：“十二点多了。”

“白天要看店，晚上要等两个小孩睡着了，她才能悄悄地出来。”我向看守尴尬地做着无谓的解释。看守再没多言语，就打着哈欠又回去睡觉了。我估计，他明天见了卢办事员后的第一件事，肯定就是说，我离婚是假的，我妻子深更半夜来看我了。邻居死头牛，随便他怎样，管他去呢！

我笑着把冰镇啤酒和那些好吃零食让给老茅他们，说：“来！都尝尝。”

“你个孬熊的话，没一句是孬熊真的！”老茅率先骂开了。

“鲤鱼刺差一点把老茅的嘴给扎了！如果不是被关在拘留所里，这两天，老茅一准屁颠屁颠领着你，南村北寨的相亲见面呢！”村长哈哈地坏笑起来。

老茅气哼哼地说：“怨我嘴不尖却想吃磨眼里食！只说这大媒做成了，以后进县城有个歇脚的地方，也能喝杯不花钱的开水，唉！咱这乡下老冤，就是精不过城里街滑子啊……”

我越发地笑起来，心里乐的，当然是南京方面的危机已经解除了。但我依然要逃离这个地方，我不能错过我离家出走的最佳借口，我要去搞我迷恋的文学创作。但，我要和晶见过一面后，再实施我的逃跑计划。两瓶冰镇啤酒下肚，还真有些晕乎了。今天晚了，先睡一觉再说吧！

第二天天刚亮，长毛就有些洋洋得意起来。他因为被关了已经有好几天了，知道三名看守的轮班制度。今天的看守，就要换成长毛的“老汪大爷”了。长毛在向我们炫耀他的“老汪大爷”时，有点扬眉吐气地说，他的“老汪大爷”脾气如何如何好，人叫那个正直。我们要是不见他的“老汪大爷”一面，那简直就是白蹲一次拘留所了！长毛的小嘴抹了蜜似的形容他的“老汪大爷”。看他那架势，就是长毛的亲大爷和他的“老汪大爷”，因为点事龃起来，长毛一准要胳臂肘往外拐。

更让长毛得意的，是被他踹得一瘸一拐的老婆，一大早就又来了。只是，她来到后，没敢到拘留所这边来，而是一个人在很远的地方，把头深埋在两腿间，一动不动地蹲着。如果不是长毛要瞅他的“老汪大爷”来没来接班，她再蹲两个小时也不会被长毛发现。

“怎么样？！这才叫‘家鸡打得团团转，野鸡不打望天飞’。这才是真正的两口子过日子，再打再骂，她那个小月亮，还是得围着我这个大地球转。”长毛洋洋得意地向我们炫耀着说。然后，长毛把老婆喊到拘留所的窗前，问，“去过法院了吗？”

“……去了。”长毛的老婆小嘴噘着，头低着只看地上。然后，用蚊子细的声音回答着长毛。

“执行庭的人咋说？”长毛着急地问老婆。

“……没咋说！还是让拿钱……说……不拿钱……能和对方协商好也行。”

“想让我给他赔礼道歉说好话？滚他奶奶的蛋吧！他如果不要钱，我回到家摆一桌酒席，请上大队书记以及村里有头有脸的，让他老老实实地过去吃饭。从今往后，我就不再找他的麻烦了。”长毛得意地腿脚不停晃荡，“想花我的钱？花一个得给我吐出来俩！”

“恁爹也来了，你一会儿跟他说去。”小媳妇往外挪了挪，小嘴似乎又噘高了半尺，明显地不愿意再搭理不讲理的长毛了。

不一会儿，长毛的爹果然来了。他趴在窗口吐了口烟，叹着气说，长毛的事不好办，法院还是让拿钱。昨天晚上，他带着东西去了庭长家。“三十多块钱的礼，可能有点轻了？！”长毛的爹说。他不知从哪里打听到和庭长能续上一点亲戚。拐八百个弯子一点亲气也没有的那种，就像长毛父亲的干表舅家、邻居的、连襟家的表嫂子本家大哥，那样的亲戚。一把年纪的长毛的爹，管三十多岁的执行庭长叫表叔，他打算今晚多花些钱，再去表叔家一趟。

我为了让长毛的爹捎句话给妻子，就让他去我家商店里拿东西，就说长毛和我一块儿蹲呢，我妻子肯定不会赚他的钱。长毛父亲答应天黑后就去，说自己还有别的事，就又出去了。

大晌午的，长毛老婆没地方去，放风的时候，长毛让她悄悄地藏进拘留室里休息。下午五点多，长毛的爹来找儿媳，他们准备去庭长家跑长毛的事。不到放风的时间，长毛就扯着嗓子喊他的“老汪大爷”来开门。老汪中午喝得有些晕乎，这时还没醒过酒来，睡眼蒙眬地来开门时，心里就有些不高兴。当看到长毛的老婆在拘留室内时，他一下子睡意全消，气得老脸发紫，嘴唇儿哆嗦起来，拿来了三十六斤重的脚镣，非得要给长毛砸上不可，又要去对面看守所里喊来狱警，好好地收拾长毛一顿。

此时，长毛再也不说他的“老汪大爷”脾气好了，憋得紫红的脸上一点笑色也没有了，甚至连大气也不敢再出一下。长毛在家不是孬吗？这欺软怕硬的东西，这时候咋不见他的孬脾气了？

我们看在长毛老婆吓得哆哆嗦嗦的分上，都跟着向老汪说情，老汪就是不肯消气。后来，长毛的爹出去买了几包烟给老汪，脚镣才最终没有戴到长毛的脚上。

就在长毛的事刚刚平息下来，马上就到拘留所里开饭的时间时，突然，拘留所与看守所之间的空地上来了许多警车，还有电视台的人。其中，有两三个警察向拘留所这边走了过来。难道是老汪的气没消，有了更大的行动？前途未卜的长毛，脸色木然地躲在最旮旯里，吓得快要尿裤子了。他主要担心，公安局的人会把他转到对面的看守所里去。那样，他真就不知道自己将要面对怎样的结局了。

本来还挺自信的我，也有点慌起架来，在心里打起了鼓。如果长毛因为不往外拿钱，被转到对面看守所里去了，说明我也可能会被转进去，那就不是蹲半个月的事了。正在我有点紧张的时候，老茅和村长认出，向拘留室这边走过来的那两三个警察，是他们乡派出所的民警。随后，茅氏叔侄和村长被叫去录像。他们每人拿着白纸上写着的自己的名字，也没问什么话，录了像就又被送了回来。

老茅高兴地对村长说："好家伙！活到这么大年纪，总算捞着上一回电视了。那家伙照人一点都不疼不痒，它里边黑乎乎的能把咱几个照上不？"

"不见得是啥好事，不知道在电视上咋说咱呢？！"村长摇着头说，他显然没有老茅第一次上电视那么激动。

"咋说咱？最多说砸计生小分队的车是咱的不对！可他们也得说说啥原因，老百姓一看就明白咱还是占一点理的。"老茅试探地对村长说。

"以村长、老茅叔侄为首的不法之徒，煽动不明真相群众，围攻殴打我计生工作人员，造成极其恶劣的影响。我公安机关依法对目无法纪的村长、老茅叔侄进行行政拘留。"我说，"电视台一准会这么播。"

老茅一下子气得脸色发紫，"噌"地一下跳起来，伸直了脖子要和我抬杠。说，谁是不明真相的群众，因为啥围攻殴打计生工作人员？能在这里关起他们的人，不能捂着他们的嘴，出去后总不能不让他们在老百姓跟前说一句事情的前因后果。我马上对老茅喊了停，问他电视台来录像的时候，他们派出所的人，让他们说话了吗？老茅的嘴张了几张，虽然不服气，可也说不出什么来了。

我笑着让他别上火，说，我那是故意气他的，派出所的人肯定会维护他的利益，说他事出无奈、事出有因等等一些好话的。这下，老茅也笑了，说，派出所又不是他家开的，当然不会那么说。

这一天马上又要过去了，晶说来看我，不知道为什么至今都没来？我是否再等她一天？今天，公安局那么大的动静，还真有点吓到我了。我平时还是要点脸皮的，怕万一被拉出去游街，或让电视台的录了像在电视上反复播放，出去后我还怎么见人。我算了一下，明天就是我身陷囹圄的第八天了，如果晶仍然不来呢？她会耽误我逃跑的计划吗？

妻子和晶对我的看法是截然不同的，晶说我风趣幽默，有情调，和我在一起有说不完的话。每次分手时她都有点不舍得，总是抱怨时间过得太快。她跟我讲好一个月见一次面，决不允许我去单位或去家里找她，也不许我往她家打电话，否则就和我一刀两断，永不见面。

“我要是想你了怎么办？”我说。

“想也不行，我还得做人呢！”

“那我岂不是要天天掰着手指头算日子，盼星星、盼月亮地盼见面的那一天？”

“你已经不错了！别的男人想和我套近乎，我连正眼也不看一眼。”

“他们那是贪图你的美色，我们这是爱情，性质不一样的。”

“少来！你爱我吗？爱我什么？”

“当然！这还用说？我爱你的美丽，你的……”我急忙说。

“好了，知道你们作家都挺能编的，不难为你了。”

“我编什么？我需要编吗？”是的，我嘴虽然很硬，但也怕她再追问。说别人是贪图她的美色，而我又爱她什么呢？我不能排除我也是世俗的。如果晶是一个母夜叉，我注定是不会那么爱她的，但我确实觉得这是我所遇到的最美妙的爱情了。尤其是她那句“冤家！我们见个面吧！”不知道让我骨酥肉麻激动了多少次。每次都是在我最思念她的时候，她的声音适逢其时地就传了过来。

“一个月真是太长了！”十天之内，晶准会在电话中这么说，“茶里饭里总是你个冤家的影子，怕是上次把魂丢你那里了！”

我喜欢晶冤家来冤家去地称呼我，我觉得这样有一种把我们往最亲密处聚拢的力量。

老茅侄子的拘留期是十天，第八天上午，他给看守老汪买了几包烟，老汪让他提前两天出去了。临走的时候，老汪嘱咐他：“出去后要好好地，别再惹是生非了；年轻人要找到合适的事干，少抽烟、少喝酒、少打麻将，天上不会掉馅饼的；要耐心地生活，踏踏实实地干，别眼红电影、电视里的奢华，那没几个是真的。你们这代年轻人，是生生地让电影电视给教坏了，没一个人有耐心创业，全都痴想着过那种要风得风、要雨得雨、淫威无边的糜烂生活……”

老茅的侄子归心似箭，根本就没工夫再听看守老汪唠叨，他打断老汪的话说：“放心吧老汪大爷！我保证不会在这种地方再和您见面了。出去后我要到广州、深圳那边打工去了，用自己汗水种的粮食、挣的钱吃着才最香，您说是不是？”

“这就对了！自己的劳动果实才是最美味的佳肴……”老汪还在絮絮叨叨地说着什么。这边，老茅的侄子已经收拾好了被褥，轻声和我们说再见了。

“再见了胖子！”

“再见！”我朝他挥挥手。

他又对村长和老茅说：“我先走了，还有什么要和家里交代的吗？”

“没什么事！叫家里人别担心就行了，也别再来人了，来来去去的啥用也没有，除了枉花路费！”村长和老茅对侄子说。老茅侄子大概担心老汪万一反悔了，不让他走，来不及再答应村长和老茅什么，就如离笼的鸟儿一样，一下子不见了踪影。

老汪还在唠叨电影电视如何教坏年轻人的，他说：“现在年轻夫妻有几家不吵架的？”

老茅跟着附和：“没几家不打不闹的。”

“男的都嫌自己媳妇丑，眼红别人家的媳妇长得漂亮。还说什么‘好饭都让狗吃了，好女人都让狗日了’，这都是什么话啊！”

老茅嘿嘿地笑了起来：“都希望吃着碗里的，看着锅里的！”

“女人们满世界地喊冤枉，都说自己眼瞎嫁错了郎。咱们那个时代谁敢胡来？那时候，做好事不留名，生产队里的活，不用人喊，半夜起来就干了，生产队干部天明一看，一块地的粪早被人不知不觉撒好了，再看看如今，人心不古、世风日下了。”

说起那个时代，算是打开了老茅的话匣子。

“咱们那个时代，一天三小会，三天一大会，早请示，晚汇报。人人做批评与自我批评，发现积极分子，培养鼓励他们入突击队、入青年团、入党……”

我和村长私下嘀咕：“看样子，这两个人更适应那个时代。”

村长说，每个时代都有适应它的人，也有不适应它的人。大饥荒的年代，即使饿殍满道、生灵涂炭，也有几个适应的人。适应的人多了，这个时代就要兴盛；适应的人少了，则朝代必然灭亡。

傍晚的时候，长毛的老婆来了，她给长毛带来了天大的好消息。刚刚在庭长下班的时候，她和公公一起去了庭长家，事情一下子变得比较有点理想了。长毛老婆对长毛说：“表爷爷（指执行庭的庭长）说了，法院的钱一分也不能少。至于医药费，没有就说没有。人该关的他们已经关了，谁还有什么好办法？”她跟长毛商量着说，明天把法院的费用缴了吧，交了就能回家了。长毛这次答应得非常爽利，急忙连串地说：“交、交、交，只要不让我跟对方道歉就能出去，法院的钱，无论多少都赶紧交上。”

长毛高兴得实在有点压抑不住，想一会儿，“噗”地一下笑出声来。想一会儿，又哈哈大笑一阵。长毛的老婆也是高兴的，却嗔长毛：“咋跟得了神经病似的？！”

“我高兴嘛！”长毛越发笑得厉害起来，“去给我买几瓶啤酒，我要为我的胜利好好地喝两瓶。”

“别高兴得太早了，小心表爷爷反悔，不让你走了！”长毛的老婆话虽这么说，可还是很高兴地给长毛买酒去了。

长毛一边唱着小曲，一边收拾着自己的东西，让妻子一会儿给他先带走。那样，明天他就可以大摇大摆地空着手回家了。他的意思是，回到村里后继续跟村里人腻歪：我还是我，谁能把我怎么样？！谁和我过不去，就来试试！

长毛想，权当自己进大牢就是出去旅游了一回。更让长毛高兴的是，由于长毛被关进了拘留所，长毛老婆不知道长毛的事办下来，到底要花多少钱，她去了所有欠长毛钱的人家那里要账，不但要回了近期的所有欠款，居然连十几年前的一两笔呆账、死账都被她给要了回来。

本来老汪和老茅的谈话正如火如荼，随着长毛老婆的到来，两个人停了下来。老汪把跟自己在门外一直拉呱的老茅，又送回到我们中间。

“老汪同志怎么没让你今晚和他打通腿？”我逗着老茅说，“他那里有凉席、有蚊帐，还有电风扇，我以为你晚上睡觉不回来了呢！”

“到底是‘蚊子哼哼’的蚊人，说起话来连刺带挖的！”老茅用当地挖苦有点文绉绉人的话，挖苦着我说。

“你侄子要去深圳打工，不打算跟你抓革命、促生产了，你准备咋办？”我嬉笑着逗老茅。

老茅哼哼起了“大海航行靠舵手”，气得转过身去，不再搭理我。

第二天，早八点刚过，卢办事员就来让长毛收拾东西，跟他去法院见庭长。长毛的东西都被老婆提前拿回去了，已经没什么东西要收拾了，就只身随着卢办事员一起去法院办手续了，长毛的妻子一大早就交上了法院的费用，这时候正在法院那边等着他呢。

“我的事庭长准备怎么处理？”我拦住就要离去的卢办事员问。

“还没说你的事呢！你只管老实地在里边蹲着，怕什么？”卢办事员好心好意地对我说。

“庭长是不是打算把我转到对面看守所里去？”我并没有理解卢办事员的善意；或者虽然理解一些，却故意逞起了能。

卢办事员犹豫了一下，却没有回答我的问题。

庭长要是对我胡来，我有他受贿的证据，急了我去反贪局告他。关于我的事，东方说卢办事员和庭长关系有点微妙，我天真地以为，他也是许多年以来被压制下的小媳妇，不知道对庭长有多少意见呢！我把长毛送礼的事告诉了卢办事员。卢办事员一言不发地带着长毛走了，我当时并没有怀疑我这样做太天真了。

果然，不一会儿，卢办事员带着长毛又回来了。他把我叫过去，问是不是长毛告诉我庭长受他贿的。我一看长毛沮丧的样子，就知道这小子这一大会子，连蜜糖罐的影子也没见着。

“庭长收了你的礼不假，人家不是还替你垫了二百块钱的执行费？你那点东西值二百块钱吗？！”

原来，是卢办事员讨好献媚庭长，跑我这里掩耳盗铃来了。

“哟！你咋当真了，就这点事够检察院立案的吗？你应该比我清楚，有凭有据五千元以上的受贿才够立案呢！你要是每次都只收四千九，哪个小舅子管得了你！”

卢办事员又掩了一会儿耳，又去看守那里也不知都说了些什么。然后，就带着哭丧脸的长毛离开了拘留所。

看守老汪在卢办事员走后把我叫到他的房间，说：“你不要总是思谋着逃跑，你跑了，我就要被罚款一百块钱。”

“谁说我要逃跑了？”

“刚刚长毛在法院供的你，说你有一天晚上把门都撬开了，他一直眯缝着眼看着你呢。”

“长毛？”我在心里骂了狗日的一句。我对看守老汪说，“我现在撒开丫子就跑，你是能拦住还是能撵上我？”

“拦不住也撵不上。”老汪诚恳地说，“你也别听法院吓唬你的那一套，十五天一到，法院立马就得放了你。”

拘留所属公安局管，公安局关进来的人一般都是小痞子、小流氓或者打架斗殴的人，这些人在社会上都要面子，他们宁愿花大价钱，也不愿意被人说上边没人，被关进去了。所以，那些人一般都想方设法讨好看守，甚至请客送礼让看守多给点自由，尽量白天在院子里玩，晚上能悄悄地回家。而法院送进来的人，一般都不请看守的客，有钱的还了钱，看守得放人；没钱的就是送礼给看守，他也不敢提前一天放人。老汪他们三个看守人员每逢轮谁值班的时候就经常跟我们抱怨说，法院的这些孙子，平时也没什么表示，说把人关这里就关这里了，人跑了还得罚老子的款。

“你犯法了吗？是贪污挪用公款还是诈骗？够不上这两条。他们哪来那么大的权力送你进看守所？！以前还有个监视居住，现在早取消了。”老汪继续说着让我放心的话。我点着头非常虔诚地听着，我知道老汪说的是真话。要不是村长家里这时候来了两个人，老汪还会再告诉我一些监视居住的最新规定。

上午，村长家里来了几个朋友，说在电视上看到村长他们了。老茅也认得那几个人，他和村长急忙问，电视上都怎么说他们的，人家笑笑没说什么。在两个人的再三追问下，才只言片语地透露出：什么煽动不明真相群众……撤掉村长的……职务。

尽管村长多次声称，出去后再不干这两头受气的差事，可脸上还是有点挂不住，他觉得怎么也没有自己辞职体面。老茅更是一副怒火中烧的架势，嚷嚷着出去后要继续往上告。说，不行！任谁说的都不行，一旦出去，他砸锅卖铁也要上市里、上省城告状，实在不行他就上北京告御状。人家走后，老茅发了一天的火，村长也唉声叹气地失落了一天。

东方上午骑着摩托车又来看我，问我咋到现在还没跑。我说，我计划到第十五天的凌晨再跑，那样看守就不会被罚款了。再说我一身的肉赘着，跑起来累个半死，也怕白天万一跑不掉，再逮回来给加重处罚啥的。

东方说，他可以把自己的摩托车停在拘留所的大门口，然后给我掉好头，不熄火。我只要过去骑上就跑，他们上哪里再追我去?

“等一天吧，再看看事情的进展！”我说。东方说行，让我啥时候准备跑了，啥时候打他的电话，到时候他骑摩托车过来接应。我点点头，同意到时候让东方来接我。

就在天快黑了的时候，村长家里又来了两个人，那两个人却径直去到了看守老汪的房间，掏出一张他们乡派出所的释放证，上面是让提前释放村长的。

原来村长八岁的儿子，下午和小朋友玩时，被树枝戳破了一只眼睛，现正在县医院抢救。村长的脸一下就拉长了，看守老汪见事情有点棘手，忙打开拘留室的门让村长出去了。

村长的儿子前几天到这里来过，那小子穿着一件小白褂，胖乎乎的，比他妈妈要白些，不安分地躺在村长的怀里吃方便面，看得出他很受村长两口子的宠爱。孩子才八岁，少了只眼睛，以后该有多么不方便呀！

村长坐上来人的摩托车火急火燎地去了县医院，他要亲自抱着儿子上手术台。

来的两个人，有一个人是老茅的哥哥，他对正在难过的老茅说："这天也不知道哪辈子才肯落雨！不落雨又不能不要了秋，在家的人就没黑没白地抗旱，把你家以及村长家的秋庄稼地里，也都给浇上一遍水了。要不，咋能会跟前没大人看着这几个小孩，让人家孩子出了这么大的事？！"

"那些秋庄稼能见几个钱！浇它干啥？扔那儿随便它死活去呗！"老茅沮丧地说。

"谁知道能出这样的事，要是知道出这样的事，秋庄稼就是再金贵，也没谁去摆弄它。"老茅哥哥说，庄稼人哪能眼睁睁地看着庄稼旱死？能捞回一把是一把。大家又没有别的收入，不捞回点秋，别说赚它的，就连种麦子时用去的化肥、农药钱也不够。现在地里见的是比以前多了，但，种地成本还高了呢！老百姓要是有一点点法子，谁也不去种那几亩地了。

老茅哥哥嗔怪着老茅说，不种那点地，他能去干什么？高科技他又不懂，给老茅个机器他也是瞪眼干看着它！老茅能想得到自己的那点文化水平，也能想得到自己一把年纪，除了嘴上能说句"不种地"的硬话，其他的本事自己真的没有了。找不到其他词语，他突然强词夺理地说："还是十几、二十年前不分地的时候好，怎么都也比现在强。"

老茅哥哥不乐意了，诘责地问老茅："不分地的时候什么比现在强，红薯片子比现在吃得多？"

老茅脸憋得通红，支支吾吾一阵，认为生活确实改善得太多了。找不到反驳哥哥的理由，却说："过去最起码没有这么多的贪官污吏，老百姓在生产队干活干得也有劲。"

"你快别扯了！现在老百姓的生活多好啊！"老茅哥哥极力反对老茅的言论。十几、二十年前过的那叫什么日子？要吃没得吃，要穿没得穿，要用没得用，家家都穷得一间屋四个旮旯，户户三春上挨饥荒。

"你可别这么说啊！你弟弟一天到晚都在怀念那个时代，谁说那个时代不好他就和谁脸红脖子粗，我们都和他抬了一百次杠了。"我打断老茅哥俩的谈话，提醒着老茅哥哥说，谁说那个时代不好他弟弟跟谁吵架，他的这个弟弟记仇着呢！

“他！他那个时候是大队的会计，老党员。”老茅哥哥笑了笑不屑地说老茅，“在生产队的时候，他整天戴着个眼镜装文化人，胳肢窝里夹着个本本，这生产队溜到那生产队，地这头溜到地那头。啥活也不用干，黑着脸还见了谁熊谁，那时候，他管着的几个生产队里社员哪个不怕他？”

老茅被哥哥揭了老底，羞得从头发梢红到了脚后跟，尴尬得一句话也说不出来。他不能对自己哥哥说什么，就只管望着我笑骂。

老茅哥哥收拾起村长的被褥走后，老茅躺在铺上不说话，我过去逗他，连着喊他：“茅会计、茅会计、茅会计……”

喊了十几声，没听到他的回音。仔细看过去，原来，他把脸扭向一边一直在咧着嘴偷偷地笑。我绕到他对面，他笑着又扭向另一边，就是不肯再搭理我了。

现在拘留所里就剩下我和老茅两个人了，闲着没事老茅要给我讲保尔·柯察金的故事。那是曾经让他激动得不知流过多少次泪的经典著作，但是，我也能背下里边的部分章节的，就让他免了。我说，老茅要讲就给我讲他们村或者他所知道的稀罕事、稀罕人，从前的现代的都行。

“哪有啥稀罕人、稀罕事？”老茅一边挠头一边嘀咕，一阵过后他实在想不出哪里有啥稀罕人、稀罕事。就说，“要不给你讲一下，我们村里四个当叔叔的，给一个侄媳妇披麻戴孝养老送终的事？”

我立马来了精神，坐起来要仔细听听这是怎么一个故事。

说的是解放前，一户姓陈的地主，家有十好几口人，两百多亩田地。老汉快七十岁时，家里添丁进口，孙媳妇娶到家了。可好景不长，刚办完喜事两三天，日本人来了，一下子粮食和牲畜全没了，十几口的一家子人，就只剩下老汉和孙媳妇了。

孙媳妇没怀上，陈老汉想，千年的土地八百个主，自己的田地早晚会旁落的，就打算卖掉一些，厚厚地把老伴、儿子、儿媳和孙子、孙女十几口子送下地，自己和孙媳妇也好度过这春荒。由于处在兵荒马乱的年代，土地也不值几个钱，谈了几家都因为价钱过低没有谈成。

这时候，孙媳妇说话了，她说，爷爷，咱不能卖地！那十几口子狠心，扔下咱老的老、弱的弱在这世上受罪，咱不能让人看了咱们的笑话。给那十几口狠心不要咱的人，每人买上一张芦席，先软埋了。努到尝新麦的时候，咱爷孙俩就能度过了饥荒，到时候，地里能见一百多石小麦，再把那十几口子重新厚殡，到那时，咱爷孙俩就能痛痛快快地哭他们了。

老汉听了孙媳妇的话，二话没说，从裤带上解下钥匙交给了孙媳妇，这个家往后就让孙媳妇当了。

二月里，爷爷吃面，孙媳吃麦苗窝窝。

三月里，爷爷吃菜窝窝，孙媳吃嫩树叶。

四月里，爷爷吃从刚抽穗的麦头上挤出来的汁。

孙媳妇说，自己年轻，地里野菜，树上的树叶她都能咽得下去。

到了五月里收麦，爷孙两个总算熬了过来。然而，陈家没有香火，爷爷百年之后，孙媳妇一个寡妇守着偌大的家产，难免会被别人欺负。忙完了秋收秋种，开始了漫长的冬夜。孙媳妇听人说，男人的小便只要还能把青灰滋出坑来，就还有生育能力。孙媳妇对爷爷撒谎说夜壶丢了，给他在床前倒了一堆青灰。

爷爷还有生育能力，孙媳妇张罗着要给爷爷再成一个家，新奶奶比孙媳妇还小一岁。过门后，新奶奶一年添一个小子，挨肩儿给她养下四个小叔叔。改革开放那年，孙媳妇才老死，四个叔叔身穿重孝，厚殡她这个侄媳妇到了南北坑。老茅最后说，胖子，你要是写到书里，得了稿费可别忘了请我的客。

“你知道这是在宣扬的什么吗？封建社会的愚忠啊！也许在那个年代是一种美德，但你知道这对妇女是多大的摧残吗？”我问老茅。

老茅气得半死，说，现在的女人倒不怎么受摧残，谁也不打算白白地浪费青春。大款大腕的逮住谁想傍谁，再也不见哭哭啼啼、逃进深山的傻喜儿了！然后，扭过头去装睡着觉了，发誓再也不理我了。

此时，我却陷入了另一种深思，我的生命已在烦恼中耗去了快一半，可我至今一事无成，还要眼巴巴地看着我下一半的生命慢慢地泯灭，却不能去干我想干的事。我不甘心生命就这么浪费掉，现在我有了离开妻子的理由，怎么会放弃这个机会呢？我想要和我的红粉知己晶再见最后一面。她说要来看我的，却至今没来，她怎么了？是病了吗？其实，晶也满意她的家庭。她的丈夫贷款新买了轿车跑出租，月收入还算不错。晶也很溺爱她的儿子，小家伙白白净净，胖乎乎的挺可爱。晶有时亲起来，就不肯离开他的脸蛋。晶不是放荡的女人，她说和能谈得来的人在一起聊聊天，那就是另当别论了。一个人一辈子，难得碰上个知己，就应该非常地珍惜。

我傻傻地伫立在拘留所的窗前，眼睛一眨不眨地盯着每一个进出大门的人。却怎么也不见晶的踪影，细想起来我们的见面好像并不太多，交往深度也不够，起码不是想象中的接触，她是高是矮，是胖是瘦，家住哪里？我脑子里一下成了空白。她难道一直就是我的幻觉，这世上本没有一个叫晶的女人？还是人情淡薄，最是经不起推敲的就是所谓的情？我疑惑着，伤感着，也看破红尘着！

这时，文联的那位老师和她在公安局做副局长的本家侄子来了。他们是让看守多给我点自由的，如果放我出去，公安局副局长就有点越权了，他说，何必担法院这份人情？十五天一到法院立马就会放人。何况，庭长也出差去宁夏了，不知什么时间才能回来。

庭长是坐火车还是开小车去的宁夏？我心里坏想着，庭长坐的那趟火车晚点个十天八天的，或者干脆就不卖回程车票，让他到了那里才知道，宁夏的火车站、飞机场只卖去俄罗斯、西伯利亚、芬兰和北极的票。如果是开车去的，让他的小车在路上总是抛锚，让他老也到不了，更回不来。要是没车该多好！让老小舅子踮着脚跑宁夏，一个来回怎么也够他忙活半年的！庭长去的时候穿着短裤短褂，回来的时候路上全是齐腰深的积雪，庭长穿着拖鞋、光着腿在积雪里拔进拔出，冻得直打哆嗦，不知道是该用嘴里的那点热气吹手好，还是该用两只冻得通红的手捂耳朵好。那就真的不用担心，谁个小舅羔子会把我转进大牢了！很快我的十五天拘留期限就到了，庭长不回来，他的手下不会把我直接转到看守所里去吧？我问公安局副局长。

“谁有这么大的权力？”公安局副局长反问我，说，法院在一桩经济纠纷案中，最多只有关押十五天的权力，累计超过十五天的，超过的日期为非法拘禁。法院的人又不傻，他们更了解法律，绝对不会做违法的事情的。

“不用担心了吧？过两天他们就得乖乖地放了你。”文联的老师对我说。

“是是！”我连忙回答。

文联的老师对她公安局做副局长的侄子说，我老是担心会被转到看守所里去，总在思谋着远走高飞！他要是跑得没影了，家里撇下一个女人带着两个孩子怎么办？！

“我给他说过了，肯定没事，他还不相信！”看守凑过来，有些讨好地对公安局副局长说。

文联的老师说，她已经告诉我妻子我没事了，这两天就可以回家了。不知道我老师的善意，是帮了我还是害了我！我没有了出走的理由，也无法摆脱那个勉强跟我凑成一家人的妻子，只好老老实实地待了下来，我没有逃跑。

几天后的上午十点，法院来了一辆小车带我。这次来的却不是卢办事员，车里装有空调，凉丝丝的让人惬意。可惜拘留所离法院太近了，从冷风里乍一出来，外面的气温简直就叫歹毒了。我心里说，把你们当家的叫到这儿来，把事情解决了不就行了嘛！外头那么热，咱们去受那份罪干吗？法院那老儿，根本就不理我的心里话。他把我带到庭长办公室，跟庭长交代一句“带来了”，便不知道躲哪里凉快去了。我猜他肯定又挤空调车里去了，那儿多凉快呀！

庭长昨天晚上刚从宁夏回来，这老儿好像专门赶回来跟我过不去似的！庭长示意我坐在他对面，他今天怎么没去找谁家的小鸡拜年？是不是就等给我拜年呀？

关你不是我们的目的，也不是哪一个人说了算的，我们也是奉命行事。工作不干行吗？你站在我的角度上你怎么办？

我在心里坏笑着想，站在庭长的角度？我要是站在庭长的角度，既然去了宁夏就不着急回来，或者干脆就不回来了，在那里找个二手、三手或N手的小娘们儿过日子呗，说不定比在家里过得能好上几倍呢。

“放，人家会骂我们办事不力。关，你又对我们有意见，是不是？！”庭长一点也没看出，我脸上除了皮没笑，肌肉、毛发、神经、每个细胞都在兴高采烈地笑。他也不搭理我的心理活动，却还在不停地教育着我。说，最主要的，我还存在着糊涂想法：那个谁？那个事——我以为他收长毛的东西了，他们两家本来就是亲戚，自己也给他往外扔了。嗯！扔了！亲戚死缠硬磨，不放下东西不走！既然是亲戚，总不能弄得太难堪吧？他只有替他亲戚垫执行费了，是不是？嗯？！

“我当时有点狗急了乱咬人，主要是担心你把我转看守所里去。”我装着有点忐忑不安的样子，故意急忙跟庭长解释说。

“一句话！我一句话的事。”庭长还在瞪着眼吓唬人，但，话又说回来了，这是解决问题的办法吗？！今天，他就不准备再关我了。半个月了嘛！也该回家看看了。不过，钱我还得想办法还，这个月不行，下个月，下个月还不上，可以三个月、五个月嘛！庭长说。

三个月、五个月还不上，三年五年嘛！三年五年还不上，三十年五十年嘛！反正十五天已经关过，以后谁也怎么不着你了！我在心里憋着坏笑地想。脸上的喜悦确实有点掩饰不住，那也要尽量掩饰，恭维地对着庭长说，是是是，我知道了！

“回去吧！别把这事扔脑勺子后边了。”庭长最后说。

那我走了。我以为他还没正式给我拜年呢！怎么这么轻松就让我回家了？当时，我还真有点不敢相信。尽管法院离我家的小商店只有不足五百米的距离，我还是叫了一辆三轮车。车到的时候，那位盼着我进的是渣滓洞集中营的妻子，正笑吟吟地望着我。

那群说我是玄蛋的人也知道我今天要出来的，他们居然都站在我家商店的门前。

“不行！这算蹲的什么牢？一点肉也没掉！”

“让他回去重新蹲十五天！”

“连个光头也没给剃！这怎么能行啊？！”

“不行，绝对不行！”

……

他们硬是把我摁在三轮车上不让下来。

此时，那帮气二大爷的今天一点都没让我生气，他们准备了一桌酒菜，要为我接风压惊。

后 记

一个月后，老茅骑一辆破自行车进城，到我家商店门口坐坐。他说现在上级又收拾他呢！县委组织部去了人，要开除他的党籍。

“老茅，你都六十多岁的人了，还有所谓吗？由他们去吧！”我说。

“也是啊！”老茅忧郁了一会儿，伤感地说，“二十年没过组织生活了！也没读过党的刊物，党费也不是自己亲手交的，没啥意思了！只是觉得跟了自己几十年的精神依托，一下子被割掉了，心里有些不甘！”

老茅并没有上省上京告御状。

村长还干着他的村长，村长的儿子手术后的视力不太理想，还需二次手术。

“胖子，你写书了吗？写写咱那半个月的事吧！”老茅问我。

惭愧得很，我向来不是个勤快的人，投胎时迷魂汤喝多了，悟性就很差，根本就成不了作家。我还欠人家的钱不还，算是个市井无赖了，我对老茅说。

如果不是四个月后碰到晶，我真以为她就是我的幻觉。

那天，我要横穿一段马路，来来往往的自行车很多，我边走边停，小心地穿越。就要过去的时候，我的视线余光里突然瞥见一辆自行车停下来不走了，我不由得扭了一下头，那人居然是晶。

见我看她，晶扭头笑了笑。

“怎么是你？”我惊喜地问。

她又笑了笑。

“好久不见，你还好吗？”

她还是笑了笑。

我理智地控制住了自己的感情，没对她说太傻气的话。

“有事你就去忙吧！”

“那我走了。”她说。她的声音一点也不大。

拐了一个弯，晶残酷地带走了她的背影。

我在大街上呆呆地想：如果不是我横穿马路，她会下车吗？她即使下车，若我不太在意我的视线余光，她大概也只会停一停便走吧？而不是扭头朝我笑了三笑。

我哑然地摇了摇头，毅然决然地穿过了面前的马路。

酸葡萄　甜葡萄

县城里杂居着回、汉两族，小教的回民，又聚居在一条街上。这条大街的一侧有家商店，唤作“清明副食”。招牌上边画了个带有清真字样的油壶，旁边还印着一溜阿拉伯文字。

老板两口子都是回民。老板的个子不高，三十多岁，胖乎乎的，眯一双麻雀小眼，笑对熟人与顾客。老板娘却又要矮些，亦是胖乎乎的，却长了一双铃铛大眼。

闲来无事，老板娘就会拿老板的小眼睛寻开心。问他生下来时是不是没长眼睛？婆婆拿身下的秫篾，胡乱那么一划拉，给他划拉下的眼睛？取笑着说：“唉！咱家老太太的手艺也太不过关吧？看把俺杨嘉的眼睛割得，一只大一只小的！这让人看着，怎么能吃得下饭啊？当初，老太太要是能向俺讨教一声，好赖的让我搭把手。实在不行，就是再缝上，净落个肉球，也比这秫篾子划的眼睛好看啊！”

杨嘉就是这家商店老板的名字，本来就是个好脾气的人，老婆埋汰自不会气恼。他笑逗老板娘说，自己这辈子就这牛粪样子了，是瘸子的腿——就（旧）筋了。她这朵鲜花嫁给了自己，是救济了困难户！并且，追着老板娘，把她鲜花来鲜花去地叫。

老板娘被叫得不好意思，耍起了无赖。反过来用自己胖乎乎的身体，追着压迫且战且退的杨嘉。说，自己嫁给杨嘉，就是鲜花插在了牛粪上，就是做了他这“二等残废”的领导。逼着杨嘉，要杨嘉喊她“残联主席”。

商店开了有些日子了，前身是一售货亭，经营香烟和少量的一些日用品。开业当日，营业额八十五元，利润十七元还多。把个老板杨嘉乐得，两只眼睛更是眯成了一条肉缝。说，如此下去，一个月能有五百块钱的赚头，可以安居乐业了啊！

第二天，营业额却又翻了一番。

杨嘉这时一脸的严肃，对妻子说，要是这么着干下去，用不多久，他就可以学学那些大款们，去找一个残花败柳、风尘女子，纳做小妾了。

鲜花盯着三十多元的纯收入，也是乐的。却也学着杨嘉一脸的严肃，同意让他纳妾。但要求杨嘉纳妾要纳好人家的孩子，残花败柳、风尘女子却绝不能要。

杨嘉上半截身体往后撤了一下，提防着鲜花对他的袭击，在自己认为相对安全的地方，眉头挤一个“川”字。说，好人家的女儿，谁会犯那个贱呀？让老婆鲜花细细琢磨，社会上的那些大款们，哪一个不是只能在臭烘烘的破鞋堆里忙乎？

鲜花边佯装着自己在想杨嘉的话，边不怀好意点着下巴。一双大眼睛里，却是另外的一种坏笑。她说不远的乡下，有个魏庄。魏庄有个叫魏保谦的人，那家养了一个黄花大闺女，那妮子十七大八了正好到了要找头寻主的年龄。人家孩子也任劳任怨，还不嫌这嫌那，哭着闹着，换了杨嘉这样的人不嫁，打着滚地就愿意给杨嘉做个二房。

杨嘉自然知道是开玩笑的，一时不知老婆包袱在什么地方出来，就直着眼地盯住老板娘坏笑。

鲜花故意叹了口气，用一只手托着下巴。说，杨嘉后脑勺上长着的那块反骨，迟早会干对不起她的事。与其到时候被蒙在鼓里做冤死鬼，不如自己做个明白人，大大方方地给杨嘉娶个二房。留不住杨嘉的人，起码也能留住他的心不是？

杨嘉是喜欢听这话的，坐在板凳上“哧哧”地咧嘴笑，还得意地晃荡起了跷起的那只蹄子。鲜花把脸扭向旁边，故意不让杨嘉看到自己也一脸的坏笑，嘴里却是一声叹气。说，她只担心一样，就怕杨嘉受不下来那个罪！

杨嘉连说，自己可是从苦水缸里爬出来的，什么样的罪会受不下来？鲜花说魏保谦家的孩子命更苦，可比杨嘉苦出了不知多少倍。听说，孩子长这么大了，别说还见都没见过整桌整席的饭菜，就是细面粗粮，平时她也捞不着吃一口。要求杨嘉过日子也要节俭，她吃啥杨嘉也得跟着吃啥，决不能单给他开小灶。

杨嘉故意说："现在还有这样穷的人家？难道她天天要吃糠咽菜？"

鲜花叹气说，对了！人家孩子，糠倒是常吃。菜吗？那就没她什么份了。

"是吗？"杨嘉朝鲜花扬扬下巴，挑逗性地向她走过去。问她说的那闺女，是不是长得小脚白脸，四条毛腿，屁股后面还带着一条小尾巴？

鲜花哧哧地坏笑着，说，杨嘉和自己一点都不般配，跟它却是超级地般配。

杨嘉让鲜花还是把魏保谦（喂饱牵）的闺女，给曹厚战（槽后站）的儿留着吧。它还不如鲜花长得俊呢！犯了它的驴脾气，它比鲜花会踢人。

鲜花满地找笤帚疙瘩，拿起笤帚的大头后，用笤帚把指着杨嘉，眯起一只眼睛。说，自己还会用常规武器，揍那花心臭男人！

接下来的营业额，总在两百元左右徘徊。如是两三年，眼见的两口子脸上的红光越来越灿烂，身上的赘肉也越积越厚实了。

一天，县里的城建局，突然要统一把大街上的售货亭，改成一米见方的电话亭。并且，只准经营公用电话和报纸、杂志，对了，还可以额外卖些香烟。

杨嘉一开始认为，肯定有很多人喜欢看报纸、杂志。人都是感情动物，和气就能生财。只要他们做生意活泛，也会拉到不少的主顾。

鲜花不像杨嘉乐观，露出一脸的愁相。她担心，又要跟杨嘉饥一顿饱一顿地过日子了。鲜花这时挂在嘴边上最多的，就是"坐吃山空"这句话。何况，他们的那座"小山"，还不足以让人认为就是座山。鲜花是把丈夫了解到骨子里的。他虽然名字叫杨嘉，却从来也没把家养好过。别人读书读到初中毕业，见不是那块料，就到社会上学些生存的手艺去了。

但，杨嘉的高中念了好几年，愣是没进去大学的校门。没有生存技能，到社会上东一脑袋西一头乱碰着讨生活，哪里有让他养活老婆孩子的营生啊！鲜花常常叹气，当初真不该瞎了一双大眼嫁给杨嘉。怨恨是谁把人分成男女的呢？又要他们结成夫妻，生养下一代，自己一个人还吃馍咬腮呢，却要让两个不相干的男女，去锅沿碰瓢勺，这世界能不热闹吗？！

刚结婚的时候，两人不过十几、二十岁，都是社会最底层人家的孩子，也没有什么丰厚家产，男非魁伟英俊，女没花容月貌，就是年龄到了，外人认为能成为一家人家，这才给撮合起来，日子能有吃有喝，慢慢过下去就算不错了。

但，鲜花就没有杨嘉随性，整日对杨嘉恨铁不成钢，怨他不能带着她尽快地过上大富大贵的日子。杨嘉就最不喜欢听鲜花埋怨自己没有能耐。每到这时，就眉头皱成一块疙瘩，表情再没有了平时的喜兴，说话的语气也生硬起来。说，鲜花是不是电影、电视剧看多了？两个人都是平民的孩子，影视剧上的奢华日子她也敢想？自己恐怕这辈子也给不了她那样的日子，他也没什么能耐养好家，要鲜花看谁家的日子好过只管去过，自己绝对不扯她的后腿。

这冰冷冷的话，把鲜花堵得啊！气憋在心里，干张嘴巴说不出话来。虽然她知道自己没那享福的命，可自己也是想和杨嘉把日子往好里过啊！最低，他们也要把日子过得去，能吃上饭，穿暖衣。万一，大人孩子遇到个大病小灾啥的，能及时拿出钱来，不能到时候瘸了手。如今，鲜花见杨嘉说这没人性的话，气得两只眼睛里都包满了泪花子。她用一双泪眼盯着杨嘉，心里边哭边骂杨嘉是个混账王八蛋。

杨嘉见鲜花流泪，知道自己话说重了。可，那也是鲜花先看不起他的，懒得上去哄劝。鲜花那边眼泪正凶，他这边却狼嚎一般唱了起来：朱买臣卖柴到市口……

毕竟结婚有好几年了，鲜花了解杨嘉的秉性。以前，她什么招都跟杨嘉用过，也打过，也闹过。她越是生气，杨嘉就唱得越欢。这两年，鲜花每到这个时候就不再生气了。而是自己擦去腮上的泪花子，不与杨嘉纠缠，反对杨嘉冷嘲热讽地说，其实是她找对人了。杨嘉是谁呀？那是天上难找、地上难寻的一个宝，愣是撞自己怀里了！她却瞎了狗眼不识金镶玉。“这样行了吧？宝贝！”鲜花对杨嘉说。如果她不打这退堂鼓，杨嘉下边气她的话多着呢。

电话亭开了几个月，生意确实不怎么样，这下，杨嘉嘴不硬了。叹气说，再这么下去，别说纳妾了，自己的老婆不被别人纳去，他就得去知感主恩了！

鲜花这时一脸的先知先觉，把杨嘉也不正眼看了，不屑的神态里尽是：小嘴接着贫啊！你有能耐往外使啊！晾台了吧？

人常说，粪堆还有发热的时候！不久，电话亭后的临街房子，突然要开门面了，杨嘉就跟着转了时运。他没有犹豫，立马租了两间，就是现在的清明副食了。

相邻的还有开理发店的、干洗店的……无奈铁打的街道流水的商家，此起彼伏地，倒了这家又兴了那家。但，杨嘉夫妻经营的清明副食的生意，却要比售货亭时还要好许多，一天有五百元的营业额了。

清明副食旁，新开了一家旅馆，兼做清真小吃。这也是一家夫妻店，女老板人高马大。据说，当年做过县里的女篮球运动员。长相吗？杨嘉口下无德，用他的话说就是：从后面看，我要犯罪！从侧面看，我要后退！从前面看，我要自卫！

旅馆的女老板叫阿朵，听杨嘉埋汰她，过来一把扭住他的耳朵。说：“我的‘光裆’！你吃不到葡萄，就说葡萄酸吧！一把大的个子，还要自卫，今天你自卫一回我看看？”

杨嘉踮着脚尖，疼得龇牙咧嘴。他要阿朵赶快放手，再不放手，他就要抗议，强烈地抗议了！可那个疼啊！还只有他自己知道。不然，他也不会“哎哟”得那么欢实。

阿朵并不放手，就跟美国、日本政要似的，对咱们的抗议根本就是置之不理，不屑一顾。

杨嘉的儿子楠楠，端着他的玩具冲锋枪，扫射着阿朵来救驾。冲锋枪

“嗒嗒嗒”地叫着，顶在阿朵的身上、腿上，可一点都不灵。

杨嘉见抗议无效，就拿手往阿朵的胸前胡打乱抓。一旁笑看的鲜花，也拾起她的常规武器。明着是笑骂两个人，光天化日之下，居然当着她的面调情；但，笤帚疙瘩却只是奔杨嘉身上去的。鲜花嘴里说，是要打散这对野鸳鸯，笤帚疙瘩却全落在了杨嘉的屁股上。杨嘉不知是捂耳朵好，还是捂屁股好。待阿朵松手后，杨嘉用一手假装揉眼睛，嗔怪鲜花不肯早点出手相救。说，如果鲜花再晚来一会儿，自己就要失身给阿朵了。那样的话，他还有什么脸面活在这个世上啊！鲜花故意笑问阿朵把杨嘉怎么样了，看把他委屈得都不想活了？

“她扭我爸爸耳朵了！”儿子楠楠抢先替阿朵回答。

杨嘉则往远处躲了躲，然后把两只手的食指往一块并，比画成个成双成对的意思，给鲜花看。说，阿朵要和他百年好合，他不同意阿朵就扭他。如果鲜花再不支援，他光棍可不吃这眼前亏。该依阿朵时，就依了她，依了她，自己身上又不会少块肉，更不会死人。

“哟——原来是这么回事呀！那你还好意思再活下去啊！”鲜花拿一根捆啤酒的塑料绳递给杨嘉，对他说，你可不能去上吊啊！那边还有一瓶毒药，也别一口气喝完；护城河没盖盖子，可不能往下跳；还有陇海铁路上，一会儿过一趟火车，要他也别去卧轨寻死。

“哪儿、哪儿？在哪呢？我眼睛长得小，什么都看不见！”杨嘉把眼睛更是眯成一条肉缝，给鲜花和阿朵看。

“我的‘光裆’！你咋就愿死乞白赖地活着啊？”阿朵故意逗杨嘉，说，他要是有一丁点儿囊气的人，就该争口气死去了。好人死了一大堆，杨嘉咋就不能扎那尿池里，去把自己淹死！

杨嘉说，自己上吊怕勒得慌，跳河怕淹得慌，喝农药服不了那股难闻的气味，卧轨又怕轧得疼。除非，有那不疼不痒、不知不觉、不伤皮不动筋、不卡喉咙不伤身，还要过一段时间，他想起来看看就能起来的死法。他说，那他也不愿意去死呀，好死不如赖活着，争囊赌气一孤坟，没囊拉气才能熬成人呢。

鲜花在旁边笑说，该去联合天下不要脸的，都来给杨嘉上寿！见了杨嘉，他们一准把头磕得“叭叭”响，说总算找到不要脸的祖宗了。

杨嘉见鲜花只顾跟阿朵一起埋汰自己，故意用警告的口吻说，鲜花不要不和他一心。如果下次阿朵再纠缠他，她如果能像老太太纺棉花那样，一抽一抽地慢慢来，多拿好话哄自己，他的贞操观可不是太强烈的哦……

鲜花和阿朵相互使着眼色，阿朵就微笑着慢慢向杨嘉靠近。杨嘉一边后退，一边故意紧攥自己的上衣领，装出一副影视作品上少女欲擒故纵般的假可怜相。说：“不要、不要啊……”

阿朵笑问杨嘉，是不是又要自卫？

杨嘉退到阿朵抓不着的地方，放下手，说，不怕贼偷就怕贼惦记，自己这是被阿朵给惦记上了。他干脆就让阿朵霸占一次吧，下次行，下下次还行，阿朵要是就这么一辈子霸占他，他以后就任由阿朵糟蹋啦。

旅馆开业前，杨嘉并不认识阿朵。虽然都住在一条街上，但，杨嘉的性格是内向的，平时，并不敢和不熟悉的女人说话。

杨嘉和阿朵的丈夫郑乾是认识的，但不是特别熟络，平时来往得也不多。郑乾早早地就从学校里出来，在社会上摸爬滚打了，为了能挣到钱，三百六十行，他几乎试了个遍。直到开这家旅馆前，似乎也根本没挣到什么钱。

旅馆开业当天，阿朵到杨嘉的副食店里买烟。阿朵是个自来熟，从小就不知道什么是怕人，什么是害羞，她买了烟临走时突然在杨嘉的脸上抹拉了一下子。

鲜花则是了解阿朵的，小时候她们一块儿去郊区割草、拾柴，受人指使偷瓜、摘桃，甚至爬树掏老鸹的，每次都是傻胆大的阿朵。她干脆就是一假小子，让她往看瓜人的饭盆里拉屎撒尿，她也会一边哧哧地坏笑，一边就把事情给办了。

鲜花以为随着年龄的增长，阿朵怎么也得有点女人的矜持了，见她无缘无故地抹拉一下杨嘉的脸，心里生厌疙疙瘩瘩地不舒服起来，噘着嘴半天也不搭理阿朵。阿朵却浑然不知鲜花生她的气了，扭头又来买酒的时候，又拍了一下鲜花的屁股，说："来，相好的！给咱拿瓶酒。"

鲜花把阿朵的手甩开，厌恶地嗔阿朵，问她那是说的是啥话啊！阿朵则一副无所谓的样子。说，鲜花她们都是快没人要的半破子老娘辈了，还害哪门子羞！喊她相好就跟她相好了？美得她吧！就是鲜花愿意，她的那口子还不愿意呢！鲜花是知道阿朵一贯大大咧咧的脾气的，也无奈她的那张破嘴。鲜花知道，阿朵虽然天天"我的光裆""光裆"挂在嘴上，其实她这人并不坏，没有那么多的心眼子，也容易相处。

阿朵指着杨嘉问鲜花，她的那位，怎么老实得跟大闺女似的？

鲜花惊讶地指着杨嘉问阿朵："他老实？你是不知道，他心里可玄了，保不齐他正在打你的歪主意，想着你、暗恋着你呢！知不知道有一种人叫'面上老实、心里玄'。俺的这个男人，就是那样的人，他心里可会琢磨事了。"

一旁的杨嘉被老婆这么一说，尴尬地脸红一阵，白一阵，只见张嘴，就是不见吐出来一句囫囵话了。阿朵却笑着凑到杨嘉跟前，问他是不是真的。让他千万别害了相思病，一天到晚吃不下饭去，熬坏身子，丢了小命，她可管不了。

杨嘉说，自己可不就是害着病呢！昨儿夜里，一睡到床上就有些犯迷瞪。一夜黑里，水滴面花儿都没尝一点。早上起来，跑到茅房里看见啥不想吃啥！

"噢？病得可不轻呢！可，看着杨嘉跟好人一样啊！"阿朵听了杨嘉的话，以为他真的正在生病呢，惊讶地问杨嘉得的什么病。然后，一脸严肃地去问鲜花，带杨嘉去医院看医生了吗。

不想，杨嘉瞥了阿朵一眼，没好气地说，自己本来就是一好人！阿朵就不理解了，瞪着迷惑的眼神看看杨嘉，再去看看鲜花，不知道到底是怎么回事。

鲜花见阿朵还是不明白，说，杨嘉是真病了，刚才她给杨嘉买了一棵甘蔗，想叫他开开胃。这个杨嘉！吃一口吐一口，一点渣也咽不下去！鲜花和杨嘉一起笑起来，阿朵的眼睛却瞪更大了，问杨嘉到底怎么了，得的这是啥病。见阿朵一点幽默感都没有，鲜花失望地给阿朵解释，说，谁晚上睡觉不迷瞪？睡着了谁会再尝水滴面花？她阿朵看到茅房里的哪样东西，能想上去吃几口？

阿朵这才恍然大悟，长长地“噢”了一声后，又没完没了地大笑起来。一阵上气不接下气后，阿朵又问鲜花，那杨嘉吃甘蔗，咋吃一口又吐一口呢？杨嘉和鲜花都不愿意再跟阿朵解释什么。杨嘉转换话题，说，自己确实得病了，得的是相思病。因为预感今天要走桃花运，高兴得他昨儿夜里就开始晕菜了。往后十年八年内，谁要让他洗被阿朵摸过的这半边脸，他就跟谁打八架！

阿朵却要去再摸一下杨嘉的另半边脸。说，过不了多久，杨嘉演包公，小脸省得化妆了。杨嘉急忙躲开了，说，树上的知了还要一线的脸呢，他怎么也得给自家的鲜花留半边脸。

前几年，杨嘉还真是得过一场相思病的。和他相思的女人不是鲜花，更不是阿朵。那一年，是在一次文学课上，他认识了一位叫罗淑的女人。罗淑有点爱慕杨嘉的小才华，杨嘉自然是喜欢罗淑的美丽和善良。但，那时杨嘉已经结婚了，他们才没发展成为任何带有传奇色彩和深度的爱情故事，这是后话。

郑乾见阿朵买酒总也不回来，来寻阿朵，问她买酒买到哪“茄棵”里去了？杨嘉问郑乾，什么叫买酒买到“茄棵”里去了？怎么他两口子，一个天天“我的光裆”挂嘴上，一个一说话就“茄棵、茄棵”的，他两口子都离不开裤裆转？

郑乾笑说，客人急着要酒，阿朵却在这里拉上大呱不回去了。阿朵说光顾着在这里听笑话，忘记回去了。她朝郑乾撒娇说，郑乾一会儿也离不开她，闹着要郑乾背她回去，也不管郑乾还没有答应，果真就把她那庞大的身躯，伏在了郑乾背上。又在他的肩上拍了一下，说一声“驾！”真就让郑乾背着她回去了。

鲜花这边笑得直不起腰来了，咋呼着让一街两巷的人看热闹，说，玩马戏的来了。杨嘉也从商店里冲出去，嘴里“咣咣”地跟着敲锣，引得一街两巷的人看西洋景。杨嘉咋呼着说："说个曲，说个唱，说个老头背婆娘，背到家西，摔得呱唧！背到磨道里，草驴爬叫驴；背到地南头，玩起大马猴；背到地当中，捉个小小虫（方言：麻雀，这里另有所指）……"

阿朵却一点害羞的意思也没有，照样趴在郑乾的身上不下来。回头对鲜花说："咱这是官的，看见眼红不？有能耐让你男人在大街上也背你一回？"

鲜花连连笑说自己没能耐，也不会去现那个世。

杨嘉的儿子楠楠四岁了，和许多做生意人家的孩子一样，是在父母和顾客的讨价还价声中成长的。只是，楠楠要顽劣些，就知道一天到晚地，用他的玩具冲锋枪扫射大街上来来往往的行人。杨嘉逗楠楠说，一天下来，善良的老百姓，少说也让他毙了千二八百了。是不是他们所有的法西斯，都这么疯狂残忍？楠楠笑着转过来，用枪指着杨嘉，让他不许动，把手举起来。杨嘉依着儿子，举起了手，任由着楠楠在商店里押过来押过去。杨嘉逗楠楠，要他一定小心，要是万一走了火，楠楠可想好了让谁当后爹了，楠楠干净利落地说没有，他不要后爹。

杨嘉故意问儿子，说，如果楠楠把他毙了，以后没有个爹管着楠楠能行？楠楠却说自己又不是真的把爸爸给枪毙了。

"先把老家伙押入大牢，待秋后养肥了上锅。"鲜花看到爷俩玩得高兴，也过来笑着插嘴。她也过来把笤帚疙瘩拿成了枪的形状，半真不假地往杨嘉身上戳。楠楠见妈妈和他一起对付爸爸，更是来了兴趣，撒了欢地把他的冲锋枪扳机，扣得跟机枪声音似的。楠楠边笑边不解地问妈妈，让他爸爸秋后上锅干什么？

"上锅煮肉吃啊！"鲜花笑着告诉楠楠。把杨嘉这老家伙当羊、当牛煮着吃，一定好吃！楠楠大笑起来，嘴里呜哇、呜哇地学着嚼肉的样子，说真香，真好吃！扭住杨嘉的胳膊往后拧，嘴里嚷着"秋后上锅、秋后上锅"，把杨嘉在商店里押来押去。

杨嘉见老婆鲜花过来凑热闹，改口又去问楠楠想要个什么样的后妈，楠楠有些生气地回答，他只要亲爸亲妈。杨嘉逗他说亲爸亲妈有什么好的？生气了还嗔他、嚷他。逗楠楠说，看他的阿朵阿姨多洋气，以后，就让阿朵做他的后妈吧？

楠楠显出极大的不高兴，说："不行！她是丑八怪，我才不要她当后妈呢！"

鲜花挑唆着楠楠，让楠楠快把老家伙给枪毙了。楠楠却说不能枪毙，枪毙了爸爸，就没人和他玩了。鲜花故意说，不毙了老家伙，那就等着老家伙给他娶后妈吧！自己可要走了，再也不要楠楠了。

"不行！"楠楠放下杨嘉，急忙去拉假意要走的鲜花。鲜花却故意往外挣，楠楠快拉不住的时候，她就松一松。楠楠刚要放松，她又使劲往外挣，把楠楠急得眼泪都快掉下来了。

前不久，幼儿园里老师来动员杨嘉，说楠楠该去上学了。刚上了两天，杨嘉就问儿子知不知道一只手有几个手指头，楠楠数给杨嘉看有五个。杨嘉说不对，应该是一、二、两、三、四这么数，并掰着手指头数给楠楠看，说一只手有四个指头。四岁的楠楠哪里懂得这些，认为爸爸数的就是对的。第二天上午，楠楠放学回来的时候，杨嘉又问他都学了些什么？楠楠说学了唱歌，老师教的：

一二三四五，
上山打老虎。
老虎没打着，
打了个小松鼠。

杨嘉又来骗楠楠，说老师教错了，应该是这么唱的：

一二三四五，
上山打老虎。
老虎一龇牙，
咬你小鸡嘎。

楠楠这次记得非常快，哈哈大笑着，就一遍一遍地按照杨嘉教的唱了起来。等到下午再放学的时候，幼儿园的老师跟着楠楠一起过来了。她有些生气地数落杨嘉，她花了一上午的时间，才给楠楠纠正过来，数数不能一、二、两、三、四地数。下午楠楠就又这么唱，问他跟谁学的，他说是他爸爸教的。埋怨杨嘉怎么可以随便误导孩子，小孩一旦在脑子里形成概念，以后再纠正起来就难了。杨嘉赶忙笑着给幼儿园老师赔不是，保证以后不再误导孩子了。

这天，正是农历十五的晚上，杨嘉牵着楠楠的小手出去遛着玩。这时，一轮皎洁的圆月，从东方冉冉升起。杨嘉想看看儿子有没有文学细胞，指着东方刚出来的月亮问："楠楠，你看那是什么？"

"哇！好大、好大的太阳！"楠楠有些抒情地说。杨嘉急忙正确地引导他说，太阳是白天出来的，晚上出来的应该是月亮。

"不对！"楠楠坚定地说，"太阳是圆的，月亮是弯的。"他的老师，以及电视上的动画片，都是这么说的。

杨嘉认真地回想了一下，好像小学课本和电视上的儿童节目，全都说太阳是圆的，月亮是弯的，都是这么启发儿童的。杨嘉为了说服楠楠，跟他讲月亮有时是圆的，有时又是弯的。楠楠却怎么也不肯再相信爸爸的话，还噘着嘴说爸爸就是骗人的，要是再骗他，他明天告诉幼儿园的老师。

杨嘉见一时说服不了儿子，只得作罢，想以后还是让老师给孩子说月亮是怎么回事吧。

商店的生意平平稳稳，营业额总在三五百元之间徘徊，利润百分之十五左右，日子渐渐地好过起来。也有瞎猫撞上死耗子，逮一大个王八的时候。

那天，店里就来了两个买东西送礼的人，他们张嘴要四条三五烟和两瓶五粮液。杨嘉自己不用外国货，店里也从不卖外国货。买三五烟的两个人，见没有自己想要的东西，只好怏怏往外走。这时，杨嘉突然嘟噜了一句："他姓汪！"

两个买三五烟的人，就要走到门口了。其中一个停下来，扭头看了看杨嘉，问怎么知道他姓王？杨嘉是什么人啊？脑子转得贼快！才磕巴了一句，就应变自如了。说，怎么不认识呢？和他曾经在一起玩过。那姓王的说，怨不得看杨嘉有点面熟呢。但，他也有些犯迷糊，挠着头自言自语地说，自己没太多的印象，就是一时想不起是在哪里认识杨嘉的了。试探地问杨嘉，是和张广种在李薄收家打麻将认识的吗？

杨嘉急忙点头，说，李薄收家是个牌场，那里经常有打牌的。但他自己没有玩过，就在旁边看了那么一两次。姓王的仿佛找到了病根似的"哦"了一声，开始对杨嘉有些信任了。杨嘉说，自己和李薄收是朋友。并试探着问姓王的，他和李薄收好像是战友关系？姓王的笑说，什么战友？他们是麻将桌上的战友。

杨嘉问姓王的，干吗一定要买三五烟？臭烘烘的也不是个正味！再说了，当地真三五烟其实并不多，都是走私来的水货。又跟人家套近乎，说："咱有多少钱呀？口里省肚里攒的血汗钱，犯得着让外国鬼子赚去吗？其实，咱这里喜欢外国香烟的人并不多。那东西，没有国产烟口感正。"

姓王的叹气说，该花的不花也不行！红塔山的档次低，玉溪、中华的又太贵。找公安局长办事，烟酒只是问路石子，硬头货在怀里揣着呢！既然是问路石子，重了，怕肉包子打狗；轻了，又怕人家不给他们说话的机会，耽误了正事。

杨嘉立即给他们介绍当地烟厂刚推出的一个新品牌，姓王的他们肯定还没见过。两个买烟的人带着好奇，边跟着杨嘉回到他的柜台前，边问当地烟厂啥时候又出新品香烟了？杨嘉拿出烟让他们看，说是今天才刚刚推出的新品牌，云南烟丝，包装也大方，价格和三五烟差不多，一百二十五元一条。他是走了后门，才先人一步，搞到这十几条的。买礼品的两人，简单地商量了一下。同意了按杨嘉说的办，但让杨嘉可别拿假货糊弄他们，不然的话，带李薄收来找杨嘉的后账。

杨嘉向他们保证，说，造假烟的那些孙子，现在一准还没拿到商标呢！买礼品的人说，这年头，没咱中国人不敢造的假！就连小孩子们的爹也净是假的。杨嘉笑了一下，向对方保证，他卖的烟都跟小孩子们的娘一样，谁假她都不假。

两个人刚一离开，吓呆了的鲜花就让杨嘉到一边去躲躲。三十五元一条进的烟，他居然敢卖一百二十五！鲜花怕他们打听准了价格，回来找杨嘉退货。杨嘉根本也不认识什么张广种、李薄收，更不认识那姓王的。只不过想骂他们是卖国贼汪精卫后代罢了。杨嘉说自己又不是卖的假货，干吗要躲？小舅羔子要买洋货？商人见了买洋货的不宰，就跟渔夫见鳖不拿同罪！他让鲜花去阿朵那里炒两个菜，要给自己庆贺庆贺。

阿朵的耳朵比驴的耳朵还尖，听到喊她名字比兔子跑得还快，过来就问杨嘉有什么事。杨嘉使坏，小声又神秘地问阿朵听说了没有？阿朵以为出什么稀罕事了，一边好奇地忙把耳朵伸过来，一边压低声音问杨嘉到底出了什么稀罕事。杨嘉张了几张嘴并没发出任何声音，阿朵当然什么也没听见。她越发好奇起来，忙弯下腰，把耳朵更贴近杨嘉。哪知杨嘉什么也没说，突然在阿朵的脸上亲了一下，然后撒腿跑开了。一旁乐坏了的鲜花调侃说，这下杨嘉和阿朵是生米做成熟饭了。以后，如果要是有了孩子，她可不帮阿朵他们养活。

跑远了的杨嘉笑说："我让你炒两个菜，你伸个脸让我亲干吗？！送上门的礼哪有不收的？"

阿朵用手抹了一下脸，笑骂杨嘉是滴血流脓的坏水。说自己怎么就这么傻？居然上这小个子的当了。让杨嘉等着，以后有他的好果子吃。鲜花告诉阿朵，真是要阿朵炒两个菜的，杨嘉今天有功，值得她犒劳。阿朵忙问鲜花，这流氓今天有啥功劳了，还要用秆草泡驴粪蛋子地犒劳他？

鲜花告诉了阿朵刚才发生的事。阿朵一惊一乍地说，原来有种的小秃就是杨嘉呀？！怪不得他长不高，是心眼多给坠住了啊！赚了人的钱，还给人上了一堂爱国课。别看平时他品行恶劣，心里居然还有这么点小觉悟啊！阿朵又问鲜花，是不是个子矮的人都特别聪明？说，一大三分呆，她是确实感觉到了这一点，自己人高马大的，平时却跟没长一点脑子似的，一天到晚丢东落西的不说，平时不遇见点啥事还好，一旦遇见点啥事，半点法子都没有，无论咋想都解不开！

阿朵说，她这次算是服气杨嘉了，别小看一把攥住两头不露影的小个子了！鬼蛊点子还真不少。要是她，既然店里没有，就干脆告诉人家没有，让人家走了算了，哪能像杨嘉这样眼珠一转，一下子赚人家几百块钱去。

杨嘉见阿朵说自己个子矮，笑说，自己的个子矮还能有个不长的？八十三还蹿一蹿呢！何况他才三十三。说，人有的发育得早，有的发育得晚。一般女孩发育得都比较早，所以阿朵才长得驴高马大的。他是男孩发育得晚，所以他的个子矮，让阿朵晚两年再试试看，说不定就比阿朵个子高了。

阿朵和鲜花都笑了起来。同时讽刺杨嘉，说他还长呢！是长枯树皮，就是不长个子了。杨嘉却说，个子矮点也没啥不好的，走路还稳当呢！即使摔倒了，也比个子高的摔得轻。

鲜花对阿朵说，别看杨嘉一天到晚没个正经话，其实人家还是个"蚊子哼哼"的人。知道她家商店为啥叫"清明副食"而不是叫"清真副食"吗？因为，杨嘉写的第一篇小说，就是在《清明》杂志上发表的！

阿朵更加吃惊了，连问真的假的？这个"叶里藏"，难道还有这一手啊？说："鲜花，你到底嫁的这是个啥玩意儿？我咋越发糊涂了呢！他满肚子里都是心眼，你还不天天净是上这小个子的当？"

杨嘉见鲜花和阿朵一起埋汰自己，想不再搭理她们，说了一句，话不投机半句多。

"你和哪个小娘们儿说话投机？"阿朵和鲜花不依不饶，一起追问杨嘉。糟践着杨嘉说，就他那点小精明、肚子里的小文化还能成了仙了？平时也就嘴上说说，最多再自作多情一点，悄悄地暗恋上个哪家的二手小娘们儿！那有什么用呢？就怕他看上人家小娘们儿，人家小娘们儿看不上他！人家知道了，不一定恶心得吐多少天呢。让杨嘉别耍贫嘴，有本事也去跟韩三比比，人家韩三身边天天美女如云，一天一个漂亮小妞地换，只要他看上的女人，就是插上翅膀，也飞不出他的手心，人家那才是活得像个男人！就杨嘉这点小本事，也就配害个单相思啥的。单相思也不敢思年轻漂亮的小妞，只能去思那些二手、三手、N手的小娘们儿，而且还不能是漂亮的。

杨嘉不乐意鲜花和阿朵拿自己和韩家的五龙四虎二豹子比，他们是一群恶棍，仗势欺人，霸占了几个低档次的绣花枕头，那能算什么能耐了！

韩家的五龙四虎二豹子，是近几年来，在县城里冒出的非常厉害的堂兄弟十一人。他们办武术馆，和一些有头有脸的人结兄拜弟，网络了几百号人，整日打打杀杀，专做欺男霸女、欺行霸市、伤天害理的勾当。

五龙中的三龙韩三，外号“晃满乾坤云中子、磨动天”，练武的出身，是一个黑白两道通吃的人物。他仅公安局里的把兄弟就有好几十人，又认了副县长做干爹，福荫得他的那些兄弟，也都跟着要风得风，要雨得雨。曾经有位副乡长，因为不同意把一项修路的工程给他，到如今几年了，还是植物人在医院里躺着呢！家里人上告无门，还常常受到威胁。老百姓更是唯恐避之不及，哪还有人敢惹他们？

杨嘉认为只要自己老老实实地经营小生意，不出风头、不逞能，不跟韩三他们有任何的交集，哪怕韩三他们兄弟和其爪牙都是石头，自己是鸡蛋，只要不去碰他们，自己也就不会破。他们只管去潇洒，只管去享受自己的人生，无论怎么作孽，相信总有一天，他们会为自己的不可一世付出代价。

杨嘉只想和老婆孩子过自己的小日子，只想小富则安，只想安居乐业。鲜花埋汰他暗恋谁家二手、三手的小娘们儿，那都是两口子开玩笑的话。他不会像韩三他们兄弟那样去祸害妇女，也绝对不会去犯那个贱。杨嘉认为，男女之事，本来就是神圣的，那是和自己心爱的人，为了升华爱情而发生的。没有爱情，没有共鸣，没有责任，那当然只能是龌龊的兽欲。凡是不跟自己的爱人，都跟牲畜没有什么区别，无非喷哧着喘一阵子粗气，然后小腿肚子一挺，脚丫子一哆嗦就完事的事。

说起爱情来，阿朵有些伤心了。她对杨嘉说：“你是个‘蚊子哼哼’

的人，能不能写写我和郑乾的事？”

阿朵和郑乾认识的时候，才十七八岁，根本就不懂什么是爱情，只是你对我好，我也对你好。阿朵的家人不同意他们来往，也说不出理由，就是不同意。两个小情人一商量，私奔到了云南，远倒是远了，两个涉世不深的孩子，却不知怎么养活自己。带去的一点钱，很快就花光了。投奔的熟人，先还周济一些，可经不住他们的经常打搅，慢慢地就露出了冷淡。不到半年，两人终于坚持不下去了，好在那熟人给买了回程票。从云南回到家，要四五天的时间。刚一天，两人就饿得有点招架不住了。列车停下时，阿朵到车站家属楼那儿，想讨要些吃的。对人家说，自己和弟弟身上没钱了，怕弟弟饿坏了。但，阿朵穿着的衣服很时髦，怎么看也不像要饭的，被人家当成衣裳贩子。要了几家，只有一位老年妇女，给了她一牙饼。感动得阿朵啊！泪花儿涟涟，要给人家下跪了。可，一牙饼毕竟太少，还不够一个人塞牙缝的。一路上，两人谁都不肯把它吃下。漫漫的回程途中，两人望着那牙饼，打算谁实在饿得撑不住了再吃它。他们互相安慰对方，趴在座位上不乱动。他们认为，只要不乱动，就不会饿得太厉害。当列车一过郑州，两人的泪水就再也控制不住了。

阿朵说，至今，那一牙饼还在郑乾家柜子里放着，干得木头块似的。郑乾把它晒干后，用塑料纸包了一层又一层。说，那是阿朵生平第一次为他要的饭，他无论如何都要保留下来，当作他们夫妻永久的纪念。

从云南回到家后，阿朵的父母问阿朵，还跟不跟郑乾跑了？阿朵摇头说不跟了。问她知道不知道“什么是不听老人言，吃亏在眼前”了？阿朵使劲地点了点头。

郑乾后来找到阿朵，问她今后两个人的事怎么办？阿朵答，还能咋办？跟你跑都跑了，睡也睡了，不跟你，谁还肯要我啊？！

可阿朵就是那么没脑子。回来后，只顾和她那些女同学疯玩，忘了还有个一天不见她神魂全丢尽的郑乾。也许是阿朵的父母，有意安排不让他们见面的？谁知道呢！可怜巴巴的郑乾，去找阿朵的时候，被阿朵的父母奚落了一顿。问他是不是又来让阿朵去给他要饭吃的？小男人怎么受得了这样的刺激？回家喝了安眠药。多亏抢救得及时，才保住了这条小命。

阿朵听说后，只带了自己的衣裳，没要家里一件陪嫁，就进了郑乾家的门。从此，两个人再也没分开过。

“啥时想起这些，啥时就往下滚泪珠子！”阿朵叹气说。看别人这家吵架，那家生气的，她和郑乾就从没红过脸。阿朵认为，该着是谁的人，就得进谁家的门，这事真是犟不得的！

阿朵叹了口气说，她为闺女的时候，追她的男孩子还真是不少，可她从来想也没往那方面想过。就该是和郑乾一个锅里搅勺子的命，郑乾让和他私奔，就跟他跑到云南去了，再苦也不觉得苦，再难也没觉得难。

阿朵的伤心事，也勾起了鲜花的伤感。杨嘉眼见鲜花的眼泪在眼眶里打转，急忙把话题岔开。他可不能由着鲜花的性子，任她往伤心处想。她甚至能回忆起自己一岁时，走路摔跟头的倒霉事。鲜花是长着一双大眼睛，但，它们不是为了让鲜花显得有精神而长的。她的那双大眼睛，本来正说笑着，眼珠一转，眼泪立马就可以一嘟噜一串地掉下来。

鲜花的脾气，正好和杨嘉相反。她看什么都不顺眼，感觉自己就是这个社会的弃儿。什么都不称她的心、不如她的意。她天天怨杨嘉，不能带她一起成为暴发户。即使暴发了，世上的钱都成了她的，她也不一定满意。鲜花虽然是悲观者，但不是厌世者，她有无穷大的活着的欲望。

杨嘉为了不让鲜花陷入伤感之中，急忙岔开话题去调侃阿朵，问阿朵真会有那么好哄吗？阿朵叹气说，明明知道男人说的都是骗咱的假话，可还就是爱听！自己本身也没有什么脑子，被郑乾一哄就更没脑子了。

杨嘉逗着问阿朵，是不是在给他暗示，想让自己也像郑乾那样去哄她、骗她，然后让她以身相许？说，他可不想现成的好日子不过，去打翻郑乾的醋坛子。

“就你？！别耍嘴了！”鲜花嗤笑着杨嘉对阿朵说，她是把杨嘉看到骨子里去的，杨嘉就一个嘴上的功夫。这孩子，在这方面一点种渣也没有。说，阿朵是不知道，当初媒人向她介绍杨嘉的时候，她就看到这孩子有点内向。两人谈恋爱时，即使是在晚上，路上一个外人都没有，杨嘉也和她保持三米以外的距离。他们结婚前的唯一一次拉手，还是鲜花提出来的。

杨嘉见鲜花拿自己青葱的过去调侃，说，自己那是刚刚从学校里出来，还什么都不懂，哪知道对象的手是可以在结婚前拉一拉的。自己现在早就开了窍了，不要老是说他不会用情，有朝一日，他会让鲜花四处称后悔药吃去！

鲜花吭吭吭的装作清嗓子，继续埋汰杨嘉，说这世上还有第二个女瞎子吗？就凭他一把大的个子和那双小眼……

“有小不愁大，没有指望啥？”杨嘉自嘲着说，眼睛小，它还能不长？鲜花也不是生下来就有一双铃铛大眼的。再说了，眼睛大的有神，眼睛小的还迷人呢！就是不迷人，他也比瞎子看到的东西多啊。

阿朵和鲜花大笑起来，说杨嘉的眼睛还长呢，再长就长芝麻糊了！

杨嘉笑说，不长也没关系，眼睛小不是还聚光嘛！再说了眼睛小的人，性格一般温柔。有一次他去陕西，在临潼博物馆的大门口，有两只造型奇异的石狮子。导游骗人说，若摸左边那只狮子的头，可以发财，摸其屁股可以升官，摸其大腿可以走桃花运。但，那石狮子的大腿，却是磨得最厉害的，光滑得能照出人影来。杨嘉说，他相信了导游说的鬼话。自己偷摸了一把，明摸了一把，又摸其大腿照了一张相。说，如果灵验，反正他贼心是有了，就等着天上掉馅饼呢！

鲜花的嘴撇得跟老太太的裤腰似的，她跟阿朵两人，咬起了耳朵。

过了一会儿，一个时髦女郎，来清明副食买东西。杨嘉没理睬阿朵和鲜花咬耳朵，忙去招呼生意。打发走女郎后，阿朵上来问杨嘉，刚才那买东西的是男是女。

杨嘉有些结巴地回答，说是女的。又反问阿朵怎么了，问人家是男是女干啥。

阿朵说，她看杨嘉找错人家钱了。鲜花也过来，趁着说，真的，是错了。

杨嘉一边努力回想着，一边嘴里念叨着，人家给了多少，他找了人家多少。犹犹豫豫地说：“能找错了吗？”

阿朵说，她看到杨嘉，把五十的当作两块的找出去了。

“叫你干什么行？连钱也会找错！”鲜花故意埋怨杨嘉。让他赶紧地出去，快喊住那女的。

杨嘉一边慌慌张张地从柜台里出来，一边嘟噜说自己上哪里喊人家去？站门口向街上望了望，街上尽是来来往往的行人。杨嘉望了一会儿，只好回过头来问鲜花，那女郎长得什么样，穿什么样的衣服？鲜花故意埋怨杨嘉，说他招呼的客人，他离人家最近，现在却来问她。杨嘉结巴着说，他又没看那女的长什么样。

阿朵挖苦杨嘉，说：“完了，你杨嘉彻底地完了！连看一眼漂亮女孩也不敢，还‘哇哇’地想艳遇？做你的春秋大梦去吧！别管葡萄是酸的，还是甜的。这辈子，你是吃不到了！”

在鲜花和阿朵贬低的调侃声中，杨嘉也觉得有些羞愧起来，他从没和鲜花以外的任何女性有过暧昧。这时，突然想到了罗淑。当初，他对罗淑真是不够大胆。否则，鲜花现在一准是当代秦香莲，满世界找包公喊冤呢。

认识罗淑的时候，杨嘉就已经结过婚了，罗淑那时还是个姑娘。虽然双方都有好感，但杨嘉当时是一穷二白，没办法不收起自己的感情冲动。尽管，罗淑真是个漂亮女人，也没嫌弃过杨嘉的长相。以后的这几年，不知为什么，杨嘉一次也没见到罗淑。

楠楠不知道从哪里弄了一块布，蒙在脸上，正在独自一个人踢腿又劈掌，做着他想象中的蒙面大侠。

杨嘉问他在干什么，楠楠回答说是在练降龙十八掌，让杨嘉看他厉害不厉害？楠楠骑马蹲裆，双掌猛地一推，嘴里动静倒是不小，却只顺手划拉掉柜台上的一瓶非常可乐。杨嘉笑话儿子，说这哪里叫降龙十八掌？分明是楠楠要拉屎嘛！楠楠被说得不好意思，双掌冲杨嘉身上推来，嘴里大喊：“吃俺老杨一掌！打你个腿断胳膊折。”

“对对对！看你们爷俩谁大。”鲜花和阿朵都笑了起来，“你爹还没老杨呢，你倒老杨起来了！”

楠楠抱了一下拳，说小帅哥就是这么讲话。如有得罪，还望阁下放在下一条生路，他日定会报答。

“完了、完了、完了！”杨嘉说。这屁丁点大的孩子，怎么那么多古怪的词？

“这都是跟电视上学的。”这时，文武把自行车停好，进到清明副食来。他的儿子也一样，放着爸爸、妈妈不喊，一天到晚地就喊老爸、老妈，不老也让儿子给喊老了。

杨嘉说楠楠还喊他“老豆”呢！他查《辞海》也没找到“老豆”可以做爸爸的解释依据。

文武也爱写写画画，发表过一点诗歌、散文。他也没考上大学，和杨嘉两个一起上的那次文学课。但文武有个好老子，中学一毕业，就有了一份不错的工作，不用操心就能吃上饭。工资跟女人例假似的，到月就来。他漂亮的妻子常风铃，早在文武刚刚上班的时候，就拉开了丘比特之箭，用秋波荡漾的醉目，瞄准了文武的胸膛。

平时，杨嘉和文武两个人都很尊重对方，关系不一般。文武是路过这里，顺便过来跟杨嘉打招呼的，他们有几天没见面了。那次文学课过后，能坚持下来写作的人并不多。他们的心里，大概都有些“匏系不得从，瞻望抱悁悁”感觉，不甘心所处环境，贼眼盯着更远处吧？！

文武问杨嘉最近生意怎么样？杨嘉说整个东南亚的经济都犯困，他能好到哪去！说他都想把自己卖了，就是没有人要啊，有人要的话一块钱都卖。文武知道杨嘉是开玩笑的，笑问杨嘉，怎么那么便宜就把自己给卖了？杨嘉练嘴皮子似的，说：“穿黑的、穿蓝的，到处都是想钱的。”他不是圣人，也想钱。

“谁要你啥用？一块钱也没人要！”阿朵在旁边插嘴。说，也许五六十岁的老妈子，会要杨嘉这样要长相没长相、要钱财没钱财的破男人。

杨嘉嗔骂阿朵，让她闲着没事，一边学驴叫唤去。说，自己要是阿朵所说那样的人，服务对象起码是三十岁上下，皮肤白皙，面容姣好，心地善良，性格温柔，胖不显赘肉，瘦不露脊骨……

鲜花让杨嘉这孩子醒醒。说，等他下辈子托生成了潘安再说吧！就他那双似有还无的老鼠眼，这辈子是等不来这样的好事了！

杨嘉笑说，不会有这样的好事，还不兴快活快活自己的嘴？自己给自己的嘴巴上寿，不犯法也不用上税。文武笑了一下说，自己还有事，先走了，让杨嘉他们接着拉。杨嘉送文武的时候，文武扶着自行车说，什么时候有空了，找咱那些一起上文学课的同学坐坐。杨嘉说行，让文武联系人，能联系到几个是几个，大家坐一起拉拉。文武说，这事交给他了，等联系好了再通知杨嘉。

鲜花见光顾着聊得高兴，有点冷落了文武。急忙挽留他，让他再玩一会儿。文武也没什么正事，几天和杨嘉没见面了，也就路过顺便来说句闲话。文武走后，阿朵对回过头来的杨嘉说，生意这么不好做，都该想想法子了，怎么才能让生意好一点，多赚些钱。

杨嘉是个容易知足的人，说，自己哪来那么大的本事？就这么撑不死、饿不着的就行。

阿朵叹气，说杨嘉还能吃上饭，再这样下去她就得关门了。阿朵说自己又不能像别人那样，请一个小姐在旅店里陪客人打情骂俏。她的店里，因为装修档次不高，环境也有点差，有时几天都不住一个人，也没一桌吃饭的。不死不活地，一天就卖几碗面条和饺子，连煤火钱也不够。阿朵说，她打听过了，如果请小姐，她只负责人家吃住，不付工资。小姐也不给她干活，小姐抽小费的百分之三十给她。但，阿朵必须给小姐准备一间雅静、安全的房间。

“你早有预谋啊？！”杨嘉说。这几天，杨嘉见阿朵家又是请木工，又是买材料的，当时没太在意，这次，一下就恍然大悟了。问阿朵，是不是连小房间也装潢好了？

阿朵无辜又无奈地说，实在是没别的法子了。问杨嘉，她这样干行不行？

杨嘉说，那就看阿朵家公安局有没有人了。没人的话，罚她个倾家荡产，也可以判她刑。但，俗话又说“撑死胆大的，饿死胆小的”，就看阿朵的造化了。说好不是、说歹也不是，杨嘉才不愿参与阿朵的这种事情。把个背影留给阿朵和鲜花，自己到柜台里面忙活去了。

“唉！怎么办啊！”阿朵发起愁来，又向鲜花靠过去。

鲜花自顾找到笤帚，有一下没一下地扫起地来。这不是闹着玩的，她也不敢给阿朵支什么招。

烟酒食品的生意，全靠一个“熬”字。由于儿子楠楠太小，每天都还不到关门时间，他就在店里睡着了。孩子又有睁开眼睛要妈妈的习惯，他们也不想把楠楠抱来抱去的，所以鲜花和楠楠平时就住在店里。而杨嘉关上门后，却还要回去看家里那一摊子。

这天，当卷闸门拉下了一半时，鲜花朝杨嘉使眼色。意思让杨嘉今晚留下来，杨嘉却笑着说自己今天要挂鞭休息。鲜花不解，问人家体育教练才挂鞭，他杨嘉挂的什么鞭？杨嘉坏笑说，他要挂的是人鞭。鲜花挡住杨嘉的去路，问杨嘉说过的话忘记没有。杨嘉想不起来说的哪句话，鲜花提醒他。说，文武来的时候，杨嘉说过，一块钱就愿把自己卖了。今天，自己就要买十块钱的。笑对杨嘉说：“今晚你发大财了。”

杨嘉犹犹豫豫地，想说自己今天不太愿意。鲜花却一把把他推进店里，并迅速把卷闸门拉下，锁死了门。鲜花说，人家郑乾在大街上都敢背阿朵，她今天也要杨嘉背背自己。鲜花不再废话，也不管杨嘉还没答应，就从杨嘉后面扑上了他后背，一下子把杨嘉压了个趔趄。

杨嘉喘着粗气连说：“打了瓷器、打了瓷器！你这肉夯子，也不怕打了瓷器。”

鲜花说，她这朵鲜花也该让牛粪熏熏了。

一天，鲜花带着楠楠出去了，杨嘉一个人看店。没什么客人，就拿一本小说看。这时，一个三十岁左右的女士，微笑着来买东西。在钱货两清时，她突然问杨嘉，最近是不是又有什么新作了。杨嘉张大嘴巴愣在那里，目光里满是疑惑。那女士笑了一下，问杨嘉是不是不认识她了？杨嘉真的想不起来她是谁了，嘴里呜呜啊啊地，不知道怎么回答人家。

“你真是贵人多忘事！我是罗淑呀，咱们是文学课的同学。”女士有些嗔怪地自我介绍说。埋怨杨嘉，现在还没有成大作家，就把她这老同学给忘记了。笑说，不是怨她长得不漂亮，就是怨杨嘉的情商太低。这时，杨嘉的小脸憋得通红，结巴着嘴说：“罗淑？我知道罗淑，能是你吗？”

罗淑说，错了管换，还会有谁冒充她。多年不见，杨嘉真没想到罗淑会再和自己重逢。更没有想到，罗淑还记得他。在杨嘉的记忆中，罗淑是漂亮的、清纯的、内向的、非常可人的。罗淑一直是杨嘉心目中，存在的一种意境。他一直在回味罗淑的善良与美丽，甚至不止一次地在梦里见到过她。

原来，罗淑和文武老婆常风铃，是从小一起长大的邻居。两人更是好朋友，好同学。结婚后，两人也经常走动。罗淑去文武家玩的时候，常听文武说，他们那帮人，就只有杨嘉还在坚持写作。日后，杨嘉一定可以成为一名大作家的。

杨嘉笑叹说，不要听文武瞎吹他了。自己其实也就是后娘晚妗子，想起来一阵子。投胎时迷魂汤喝多了，悟性不够，写出来的东西，总也达不到艺术的深度，就不做作家梦了。罗淑笑杨嘉谦虚，说她看过杨嘉的作品，感觉蛮有情趣的。她看杨嘉的作品，就跟看相声、小品一样。杨嘉被夸得不好意思，说自己真要是达到那个程度，岂不是就要成功了？说，无论任何，经罗淑这么一夸，今天的饭，他要多浪费两碗了。

罗淑说真不是夸他，问杨嘉家的电话是多少。说，有了电话就好联系了，也不要做贼似的，侦查一番杨嘉的商店里的情况，然后才敢装着买东西进来了。罗淑说，她主要是等杨嘉的下一部新作出来了，好第一时间拜读。

“电话、电话号码……”杨嘉嘴里嘟噜着，可翻箱倒柜地，就是找不到笔。罗淑见杨嘉头上都快急出汗水了，让杨嘉别找了，就跟她说一遍吧。

杨嘉有点怀疑地问她，能记住？罗淑说能。杨嘉说了一遍，罗淑又重复一遍。直到罗淑走的时候，阿朵都在不远处伸着头，一脸神秘地，盯着相谈甚欢的杨嘉和罗淑看。

杨嘉在罗淑走后，发现笔就在很显眼的地方摆着，一把抓起来要往地上摔。这时，他看到门口神秘坏笑的阿朵，假意把笔扔过去，嘴里大喝一声：“打狗！”

阿朵躲了一下，见没有什么东西打过去，又回来指着杨嘉说，让他不要逞能！她可全都听见了，等鲜花回来后，看她不告杨嘉的状。一脸潮红的杨嘉，问阿朵听见什么了？阿朵却撇着嘴，意味深长地朝杨嘉点着头。说，原来杨嘉说的那“三十岁上下，皮肤白皙，面容姣好……”是确有其人啊！让杨嘉就等着跪搓衣板吧！杨嘉脸上的潮红还没有褪尽，过去逗阿朵。说，是不是要他答应，以后给她挠后脊梁，她就可以不告状了？阿朵让杨嘉不要嘴贫，就等着鲜花回来后受死吧！

罗淑早已走远，杨嘉对阿朵说：“牛知死却不知惊，猪知惊却不知死！”自己怕什么？又有何怕？

杨嘉对着阿朵说，现在的科学这么发达，克隆技术这么先进，怎么就不能成立一个克隆人的工厂。批量往外生产美女、美男、影视明星，谁有钱就按订单卖给谁。一来，可以解决他们的贪婪淫欲；二来，有了这么个厂子，还能解决下岗工人的吃饭问题；三来，还可以让很多人从此不再得相思病了。最起码，也能挽救不少良家妇女，不被韩三这类人霸占。

“你脑子里有屎，怎么净是屁话？跟我胡打岔是不是？”阿朵看到杨嘉的目光，并不在自己这儿。试图让杨嘉回到她刚才的话题这边来，可杨嘉并没有理会她。却自顾着说，“小姐”本是个多么美妙、多么雅致的名词，这个让几千年来的文人墨客浮想联翩、无限憧憬、产生无数美思妙文的名词，近几年，愣是让现代的恶男们给糟蹋了。如今，它成了一种肮脏职业的代名词，频繁地出入在一些粗俗、卑劣的恶男嘴里。阿朵就请来了一位小姐，她家的生意明显好多了。不断有男人，狞笑着进出她的小旅馆。

那小姐身高一米六的样子，还不到二十岁，确实是个尤物。白净姣好的脸，略显稚气。她不太爱讲话，有时无声地笑笑，化浅浅的妆。其实她无须化妆，就已经很美了。如果，她出生在有钱的人家，此时也许正在教室里，让无数的男生痴情地唱着《对面的女孩看过来》。但她生在穷人家里，十五岁时，初中没毕业就辍学了。她的父亲是个病秧子，看病花掉了家里的所有。她的弟弟还在读小学，母亲软弱无力的手，托不起那个似乎永远也填不满坑的四口之家。

她对母亲说要去打工，挣钱给父亲看病。让弟弟读了中学读大学，让弟弟也成为城里人，成为有钱人，拿着手机，坐着小包车，穿名牌西服。到那时，她就去跟弟弟享傍边福。她给弟弟一家做饭，洗衣，看孩子。弟弟家里也一定有冰箱的，天热了，拉开冰箱门，拿一块冰含在嘴里，那才叫凉快！

通过熟人找关系，她的第一个工作，是在五龙四虎二豹子中二虎开的饭店里做服务员。那时，五龙四虎二豹子还没有怎么猖狂起来，还做一些规矩的生意。但，他们中间的三龙，已经开始筹办武术馆了，猖狂的羽毛也正往外疯长。

二虎的饭店里管她吃住，每个月还有两百块钱的工资。当她拿到第一个月的工资时，眼睛都瞪大了，那是两张蓝色的“幺洞洞”啊！她高兴跳着唱着，亲吻着钞票，说，你为我们谋幸福，你是我们大救星！

当她正憧憬自己家的美好前程时，二虎把她叫进了办公室。二虎问她，有钱好吧？她使劲地点了点头。二虎关切地对她说，今天放她一天假，让她把钱送回家。有了钱，她就可以给她爸爸看病了。她感激得泪水涟涟，诚恳地对二虎鞠躬。说：“谢谢二虎叔。”

二虎一下打断了她，让她别喊自己叔叔，说他才三十多岁，别把他喊老了。二虎说在人前可以喊他叔叔，就他们两个的时候，就喊他大哥吧。她一直是喊二虎叔叔的，已经习惯了。她说她改不过来，也叫不出口。

二虎说：“我叫你这么喊的，你怕什么？”

二虎坚持让她喊一声大哥听听。

她很为难，就是喊不出口。

二虎一把把她揽过去，说他就喜欢她害羞的样子，特清纯！她哀求二虎别这样，被阿姨知道了，要撵她走的。二虎问她只怕阿姨撵，就不怕他撵？在她对叔叔的声声哀求下，她被剥光了衣服。事后，二虎给了她十元钱，让她买点好吃的。经历过几天的目光呆滞、神情沮丧后，她又来到了二虎的饭店，她的家里太需要钱了。

老板娘不在时，二虎几乎一次也没放过她。终于有一天，在饭店的单间里，他们被老板娘堵住了。她的头发被拽得一缕缕往下掉，脸被打得肿起老高，把眼睛都挤没了。老板娘骂她，卖货怎么不到美容院去卖，怎么不到夜总会去卖，不到窑子店去卖……

她舔干了自己的血后，踏上了那没有尊严的路。后来，她发现二虎每次拿十元钱打发她，太便宜那龟孙子了。她的处女宝可以卖五千、一万元，或者更多。二虎去夜总会找过她，一百元钱，她只陪二虎喝了一杯饮料。她对二虎说，知道吗？这世界上她最想杀的人就是二虎。二虎尴尬得半天也说不出一句话，最后落荒而逃了。

此时，适逢东南亚经济危机，世界各地生意都很萧条。她才不得不到阿朵这样的小旅馆，来满足一些低档次的男人，每次一百元，还要抽三十元给阿朵。

阿朵叹气说，怨不得男人都喜欢大姑娘！她的那两个大灯，直挺挺地往上翘着，雪白雪白的，就像两个大白馒头上镶了俩红枣，阿朵都忍不住摸好几回了。再看看自己，奶子就跟撒了气的瘪气球似的，都快坠到肚脐眼儿了，别说勾住男人，就连自己都不想碰它一下！眼红的阿朵，恨不能长出男人的东西来。

才一百块钱就把这么漂亮的小妞给办了，真是便宜得很！阿朵有些惋惜地说。如果她不是干这个的，就把她当闺女拉巴了。这么清秀俊气的姑娘，每天看看心里也是受用的。

杨嘉哀叹这世道，天鹅再也不是天鹅了！再不是让人羡慕、给人无限憧憬的圣洁仙女了。她们是任由那些手里攥着“花纸”的恶男们糟蹋的对象了。她们在臭水坑里、污泥池里任人把玩，成了什么都不要只要“花纸”的奴隶。

阿朵撇着嘴，让杨嘉少假正经！说，要不是鲜花看得紧，说不定他也会……

杨嘉有些生气地，一下就打断了阿朵。说，谁愿意缺德让谁缺去，他自己决不会造这个孽。阿朵跟杨嘉抬杠，说这怎么是缺德造孽？这是帮她，你不干他不干，让她喝西北风去？

杨嘉说小姐们愿意喝什么风，都跟自己没关系。他不想在这个问题上和阿朵纠缠，就逗阿朵说，自己确实天天在巴望艳遇。但，他想的是阿朵这样的良家妇女。别说一百，就是三五百，他也舍得。说，阿朵如果啥时想开了，跟他使个眼色，好事这就成了。阿朵伸出手，让杨嘉有种现在就往外掏钱，她不要那么多，三五十就行。

鲜花回到家后，听清楚阿朵跟杨嘉说的话题，起哄地怂恿杨嘉，让他去柜台里拿钱。说，自己在外边给阿朵和杨嘉看门。如果郑乾来了，她就说，杨嘉和阿朵在被窝里，脱光了衣服什么都没干。

杨嘉笑骂鲜花怎么那么傻？他这边把钱给了阿朵，阿朵那边就去买"撑死狗豆"。她美美地吃起来，还认他的那个账？到时，钱没了，人的腥气也闻不到！阿朵那么大个子，恐怕硬来他也是不行的。

"你咋啥都明白？"阿朵呵呵地笑说。"蚊子哼哼"的人果然厉害！她这边还没撅尾巴，杨嘉那边就知道拉什么屎了？！取笑杨嘉，虽然是屁眼里拉黄水——内（锈）秀。但，他长得多少也要有点人样子才行呀！自己要是跟了杨嘉，就是别人不说，她也要想着不恶心呀！要杨嘉别癞蛤蟆常怀吃天鹅肉之心，人这辈子该是吃杂面窝窝的命，吃了肉不塞牙缝也会闹肚子的。

杨嘉承认自己的长相是不怎么样。但，他好赖也长成个人样子了。问阿朵，咋不看看你家养的那只狗？阿朵不解地问自己家的狗怎么了？杨嘉笑说，看它那狗样子，活仿它的女东家。

阿朵知道被骗，撵着杨嘉说："你咋不说狗仿你？"

这时，杨嘉店里的电话响了起来，鲜花急忙去接电话。鲜花严肃地对着电话连连发问，问对方是谁又找谁，又问她姓啥叫啥？对方说是杨嘉的同学，鲜花又说她怎么没听杨嘉说过？杨嘉急忙过去，把电话从一脸疑惑的鲜花手里接过来。杨嘉接着电话没地方跑了，阿朵这时瞅准了机会，一把拧住了杨嘉的另一只耳朵。杨嘉一边忍受着剧痛，一边耐心地接电话。

鲜花一边小声对阿朵说，是个女的打来的；一边专注地听杨嘉都和人家说什么。

电话是罗淑打来的，她还真把杨嘉的电话记住了。

“你的记性不错啊！”杨嘉对着电话说。

罗淑在电话那边说，一路念叨一路，回到家就拿笔记上了。说杨嘉的老婆好厉害，在电话里跟审贼似的。

罗淑今天要去文武家吃饭，问杨嘉敢不敢去的。杨嘉对罗淑说，自己没有什么不敢的。但，文武没请他，去吃闯席，怕文武不欢迎。罗淑电话那边笑说，作家都是职业瞎话篓子，只要杨嘉想去，她不相信杨嘉找不到借口。多年不见，罗淑主要是想和杨嘉一块儿坐坐，大家说说话，叙叙旧。杨嘉说自己没问题，不会让罗淑失望。挂了电话，阿朵的手又给他上了两丝，把他从电话旁边提溜了过来。

阿朵说，这小个子，在外边真还挂上了一个！和鲜花一起瞪着眼睛看杨嘉，让他老实交代，是什么时间挂上的。杨嘉反问鲜花，高员外是不是又给猪八戒养下小姨子了？不是说这世界没有第二个女瞎子了吗？所有的女人都跟阿朵一样，怕睡到半夜里做噩梦。

鲜花说杨嘉还算有自知之明，阿朵也放开了杨嘉的耳朵。但，阿朵要鲜花可不能不小心杨嘉，那天她就看见，有个漂亮女的和杨嘉拉得热火朝天。

杨嘉骂阿朵煽阴风点鬼火，挑骚撩语卖私盐。说他和鲜花离了婚，立马就卷了铺盖去和阿朵过。回过头来又对鲜花说，那天来了一个买东西的，阿朵的头伸得就跟偷嘴狗似的。阿朵想把那天的事，说得具体一些。但，鲜花并不怀疑杨嘉的作风问题，她对阿朵说的话根本没兴趣听。

鲜花不在的时候，杨嘉拿起电话拨叫文武，瞎话很快就编好了。杨嘉说好久没见文武了，邀他中午来自己家里喝两杯。文武在电话那边疑惑地说，怎么是好久不见？不是前几天刚在他的商店里说过话吗？杨嘉的小脑子转得快，说，不是有句话叫“一日不见如隔三秋”嘛！文武果然说今天中午不行，要喝酒让杨嘉去他那里，上午有他们一个同学在他家吃饭。

杨嘉故意问是哪位同学，让文武只管把他一块儿带来。

文武不明就里，回说是位女同学，去杨嘉那里不合适，让杨嘉来他家里。杨嘉在电话里问哪位女同学这么娇贵？文武对杨嘉说，来了你就知道了。还故意卖关子，神秘地说，杨嘉肯定想不到是谁，不过，这女同学平时还有点崇拜杨嘉呢。

杨嘉欲擒故纵地说，自己去了，就成了不速之客。用征询的语气说：“要不，我改天再去？”

“你不来是不是？不来有你后悔的！”文武在电话那边，有些得意地笑逗杨嘉。说他不想知道是谁就别来，如果不来，杨嘉一定会抱憾终生的。

“到底是谁啊？你给我卖关子！”杨嘉说，“看来我是非去不可了？”

杨嘉给文武的小孩提了些小食品，到了文武的家敲门说：“开门！我来了。”

常风铃边开门边答应，说：“你来了，快去拴到驴槽上！”见到杨嘉手里提着的东西，故作惊讶地问，杨嘉怎么弄个“鳖提溜”过来了？杨嘉把礼品交给常风铃，说下边就交给风铃提溜了。常风铃把手背到身后，不接。说，既然杨嘉提溜过来了，就让他提溜到屋里来。文武笑着把礼品接过去，说，就等他了，让杨嘉赶快进来。常风铃笑说，真就等杨嘉了，扛着锄在树底下等一千多年了。现在，终于可以烧水下锅了。风铃把守株待兔的典故，此时正好嫁接到杨嘉这里。

文武神秘地让杨嘉去看沙发上坐着的美女，看他认识不认识。杨嘉却故意去看风铃，说，扒了皮认得她的骨头。

风铃呵斥杨嘉，说：“小眼往哪瞅，美女在那边呢。”

“这不是挂历吗？”杨嘉故意问文武，眼睛看着文武夫妇，伸手却去捏了一下罗淑的胳膊。然后，故意猛然地缩过来，惊讶地说，“她……她怎么是活的？”

文武和风铃，在一边看着杨嘉和罗淑呵呵地笑。杨嘉手指着罗淑，问文武夫妻，她咬不咬人？

罗淑一巴掌打在杨嘉的手上，嗔笑说：“你才是死的，你是狗，你才咬人呢！”

杨嘉问罗淑，说，活人能有这么漂亮的吗？自己怎么就没见过？问罗淑从哪山上下来的？

罗淑笑着答：“高山上！高山上！”

杨嘉坐在罗淑旁边打趣，说，罗淑应该是从仙山下来的，他听说罗淑的那个仙山上，美女都特别厉害，打铁直接用拳头。罗淑也顺着杨嘉的话茬，开玩笑说，她们现在改用手捏了，跟和面似的。杨嘉说，他还听说罗淑的那个仙山上，美女用手指头钻钢板，就跟戳窗户纸似的，一戳一个窟窿。罗淑之所以下山，是因为她把地主家门前的一座山，一巴掌给扇没影了，地主天天缠着要她赔。

罗淑笑说那地主太小气，不就一喜马拉雅山吗？了不起还！烦了她，把全世界的山，都捧到地主家门口去。

文武打断他们，让杨嘉别光顾着说这么热闹，认出眼前这位美女了没有？如果没认出来，就一边坐着想去，啥时想起了啥时入席。杨嘉挠头说，文武是有意不想让他吃饭，自己怎么可能认识这么漂亮的美女？文武让他往同学群里想。

“同学？我哪有这么漂亮的女同学！”杨嘉摇头故意说，从小学一年级到高中毕业，他的女同学个个都跟夜叉似的，从来也没有漂亮的。他和文武在上文学课的时候，倒是有一个叫罗淑的丫头，长得极漂亮。但，罗淑只有二十一二岁。

杨嘉看着罗淑笑说：“你不知道，我认识的那个罗淑，人家二十岁多一点，鼻涕就不再过河了。两筒鼻涕刚走到河沿，她‘呲哼’一下就吸上去了。”

罗淑见杨嘉故意丑化自己，皱着娇眉。说，杨嘉那肯定是在描述他自己的过去。反击杨嘉说，在上文学课的时候，她看到杨嘉上课认真，写作刻苦，那时，她就想到了一句话。

风铃和文武连忙问是什么话，罗淑忍不住笑，看了杨嘉一下，说："穷则思变，丑则思干。特别是后半句简直就是古人专门为杨嘉打造的。"

风铃和文武忍不住哈哈大笑起来。特别是风铃，看杨嘉一眼，笑上一阵，没完没了地，肚子都笑疼了也停不下来。

杨嘉也笑了几下，转向罗淑，故意问她难道真的就是罗淑。笑着的罗淑，转脸看了杨嘉一下，也不回答，就又和风铃爆笑起来。不想，杨嘉突然冒出一句："罗淑是我的梦中情人，她后背上有两个红痣。你如果真是罗淑，就敢让我亲自验证一下。"

罗淑没料到杨嘉会来这一招，有些尴尬地把笑僵在了脸上，脸也一下子羞红了。风铃的脸上也挂不住，停止了狂笑。她用筷子敲了敲茶几，怒目盯着杨嘉看，质问杨嘉，老师是怎么教他的。杨嘉也觉得玩笑有点不雅，慌忙道歉，说只顾激动，忘了玩笑对象了。

罗淑看到风铃一脸的愠怒，怕杨嘉下不了台，转换话题，问杨嘉上讲习班的时候，怎么没有现在的口才？对常风铃说，那时，杨嘉连正眼看女生一眼也不敢。若是无意间对接上了女生的目光，他害羞的眼神会立马躲开。

风铃嗤笑了一声说，杨嘉那是面上老实，其实心里玄，脸皮比城墙拐角还厚，工兵连用电钻钻，炸药炸，忙活好几年，才在杨嘉脸上凿出一个石碑，上书："杨嘉脸的外皮，此处至内皮约二百公里，钢筋混凝土结构，一般炸药在此效果不大，请改用核弹头。"

杨嘉弯腰在地上找起了什么，然后问文武家的楼房，怎么连个地缝也没有？要是有的话，他立马现在就钻下去。文武连忙招呼大家吃饭，他想让风铃换话题，别逮住杨嘉埋汰个没完没了。杨嘉倒是无所谓，他打断文武，要跟大家说个稀罕事。问大家见过最大的狗头有多大，文武说一个狗头能有多大，最多三五斤吧。

杨嘉摇头说，文武见的狗头太小了。他今天见到的一个狗头，就大得很，足足有三四十斤重。当然没有谁相信杨嘉说的，常风铃的嘴巴撇得最厉害。她说，要是有这么大的狗头，她的常姓就颠倒过来写。

杨嘉问常风铃见没见过牛头，风铃嗤笑说自己见过马面。杨嘉说每个牛头的重量，一般都是三四十斤。文武说，他相信牛头是有这么重的。但，绝不相信狗头也有三四十斤重的。罗淑也不相信，她说，一条狗也不过才几十斤重。杨嘉坏笑了一下，最后说，光是一个狗头肯定没有这么重。但，狗头下边还连着老常（长）的脖子呢！

罗淑和文武一下就明白过来了，他们都望着常风铃笑。常风铃还没有意识到，杨嘉是拐着弯的拿她寻开心，瞪着两只大眼睛不解地说，狗头就是带着脖子，也没有三四十斤重。

这自然又换来罗淑和文武的一阵狂笑。

原来，罗淑上班的地方，离杨嘉的商店并不远，直线距离只有三四百米。罗淑每天上班都从他的门前经过，只是杨嘉没有注意过罢了。

那是县供销社的一个门市部，卖些五金电料什么的，生意并不好。全国的供销社大概都是这样，负债经营，越营越亏；职工的工资，也越发越少。供销社曾经是新中国成立后，广大老百姓生活消费的命脉，但是，好像突然之间，它就成了社会的弃儿。

罗淑依然爱好文学，只是结婚后带着孩子，写不出来了，也没了以前的那种冲动。但她最佩服的依然是作家。说，多少公卿豪爵皆逝去，唯有文章流千古。

常风铃和罗淑的观点不同，她认为作家一点可称道的地方也没有。有时，他们单纯得像个孩子，都是白日梦睡不醒者；有时又认死理，南墙头撞破，也不知拐个弯！而且，他们基本上都是生活手段单一，有的甚至没有什么生活手段。他们大多都没上过大学，没有什么好的工作，基本上需要在社会最底层挣扎很多年，甚至是一生。即使有几个侥幸进了机关工作，也大多是边缘人，从来也不会被提拔，更不会为人所瞩目。

杨嘉说，其实，各人有各人的活法，你看着别人活在水深火热之中，说不定人家就认为那样挺好，正是人家希望的生活。而有些人潇洒靓丽，看起来风光无限，其实呢？又说不定真正处在水深火热之中。职业没有贵贱，到底哪个陷得深，最后出水再看两腿泥。作家也许活得都比较艰难，但，那是他的个人爱好。荣华富贵不是他追求的目标，作家在现实中看到、听到、遇到的事与物，所处的环境也许不太理想，但他可以塑造一个他所希望的世界，把他爱的人，他喜欢的社会，他艳羡的环境，他想象的事与物，都装在自己希望的那个世界里。

风铃打断杨嘉，让他少在罗淑跟前谈作家、理想什么的。说，少拿你的那一套糊弄人，有本事先让自己家庭经济好起来，管好自己的脾气，别让老婆孩子担心受怕。常风铃就向罗淑说起了，杨嘉被公安局拘留的事。

文武嗔怪风铃。说，杨嘉轻易不来一次，又有罗淑在跟前，让她多少给杨嘉留点面子。风铃直起脖子说，杨嘉自己都把那段经历写成小说了，以后要是发表了不让谁看？埋怨文武，只有他才把杨嘉看得一本正经似的。

杨嘉不但不计较常风铃提他被拘留的事，反而笑呵呵地一点也不在乎，神情上甚至还有点鼓励着常风铃说下去。“新光棍就怕老邻居”，杨嘉微笑着说，风铃要是看见哪个女人对他有哪怕一丁点的好感，就准会急不可耐地对人家讲他的那段不光彩事。生怕哪家的大姑娘、小媳妇，万一不小心上了他杨嘉的当。

那次，县里一个自收自支的单位，年底的时候，到杨嘉商店里要收几十块钱。杨嘉以为，他的国税、地税、工商管理费，全部按时缴纳了，为什么还要缴这没名头的费？说什么就是不拿，哪知，那天人家是和公安局联合办公的。他个没眼色的，耍起了态度，结果被行政拘留十五天，还罚了款。原来，有一些自收自支的单位，平时，他们从老百姓那里收不上来钱，也就没有办法开工资。所以，一到逢年过节，他们就联合公安局，向商家、店铺收钱。

罗淑问他是不是以此为背景写了一篇小说。

“我哪敢啊？”杨嘉说。虽然小说是写拘留的事情，但他把角度、人物、事件都换了。

文武突然想起来了一件事，问杨嘉知道不知道，当地公安局破了一宗大案。文武说，他有朋友在刑警队，人家也知道宣传部、文化局里那些人的那点能力，他们现在正用其他渠道找人，想把这件案子写成电视剧脚本。文武问杨嘉，敢不敢接这个活。

杨嘉笑文武，说这就跟问大树能不能做剔牙棒一样，让文武只管把活接下来，创作的事他负责到底，到时利益和文武均摊。饭后，杨嘉和罗淑从文武家出来。风铃在门口叮嘱罗淑，说杨嘉喝酒了，路上让罗淑看着杨嘉点，别让他不小心踩了兔夹子。杨嘉则让风铃把心装回狗肚里去，大家一通笑后，杨嘉则让文武赶快去公安局落实采访刑警队的事。文武说，这事只管包在他身上了。

路上，罗淑问杨嘉，什么时间能拜读一下他的大作。杨嘉说自己平时琐事缠身，发表的作品并不多。罗淑要他的原稿，说要先读为快。杨嘉又说自己写小说的悟性不够，一篇稿子改来改去，就是不敢给人看。但，既然罗淑说了，她就是例外。答应罗淑，改天把自己尚没发表的一些作品，给她送到单位去。

很快，他们就离杨嘉家的商店不太远了。

罗淑要先走一步，怕被杨嘉的妻子看到了误会，造成不必要的麻烦。临走时，罗淑说杨嘉也该配个手机了。万一有个什么事找他，方便联系，也免得引起他妻子的误会。杨嘉的生活比较单调，也不经常出门，就没有急着买手机。现在看来，他是要配一部了。

“你知不知道？”罗淑临上车子前，脸扭向一边，轻轻地问杨嘉。说，别管杨嘉是不是瞎蒙的，还真让他猜准了。她的后背上，确实是有两颗红痣的。罗淑说罢，羞红着后脖颈，上了车子后，就头也不回地走了。杨嘉一个人，呆在那里一头雾水地站了半天。然后，抹拉一下脸，盯着罗淑远去的背影，哑口笑了起来。

杨嘉回到店内时，还没从兴奋中拔出脚来。阿朵却不知从哪里一下子冒了出来，她一把扭住了杨嘉的耳朵。审问他，为啥请客不来她的饭店，跑到哪里去偷吃了？杨嘉一边叫着痛，一边正告阿朵，再不撒开他就要……

“你敢，看我不拿脚踩你才怪！”原来，今天阿朵刚买了新裤子、新鞋。

杨嘉叹气说，真是吃好的好咽，穿好的好看！阿朵的生意一兴隆，人也蒜臼子和面——抖（陡）起来了！他不怀好意地，要看看阿朵穿的新衣服、新鞋是什么牌子。

杨嘉拿眼睛只随便扫了一下阿朵，就故作惊讶地说：“哎呀——不得了，阿朵现在一身都是名牌了！”

阿朵得意地说，哪是什么名牌？也就小有名气。杨嘉说阿朵的鞋子是“狗来蹬”的，裤子是“包鳖尼”的。问阿朵：“这还不是名牌，什么才是名牌？”

阿朵看了一下自己的裤子和鞋，疑惑地嘟噜，她这哪是什么“狗来蹬”“包鳖尼”？笑话杨嘉，眼睛小了有什么用！告诉杨嘉，就别指望他的眼睛会自己长大了。让杨嘉去大医院做手术，现在有“小眼开大”项目了。

阿朵见鲜花一直在旁边坏笑，才意识到，杨嘉肯定说得不是什么好话。说，这小个子的，原来净是骂人的话呢！杨嘉笑说，阿朵现在什么都有了，就差一条“束狗链子”了。

“小眼！你往这里看。”阿朵伸手从脖子下的内衣处，掏出一条闪着金光的链子来，让杨嘉看看是不是真的，能值多少钱。

“哇！你好蛮哟！”杨嘉虽然表情和语气都很夸张，上去要看阿朵的项链。但，他并不真的去欣赏。他把项链放在手面这边，却拿手背在阿朵的胸前蹭。阿朵发觉了杨嘉的意图，一巴掌把他的手打开。说，狗爪子往哪摸？打杨嘉个现行犯！又让杨嘉把私房钱拿出来，给鲜花也买一条。鲜花有些伤感地说，自己可没那穿金戴银的命。就她这一堆一块地，往店里一坐，都当多少回中年人的大娘了。要是再戴条项链，就有点光屁股穿皮鞋，不知哪趁哪不趁了。阿朵用同情而又有些认真的口吻，皱着眉头训鲜花，让鲜花也捯饬捯饬自己，才三十几岁的人，整天穿得跟四五十岁的老妈子似的。说自己要是男人，也会嫌弃她的。

杨嘉让阿朵少在这里挑骚撩语卖私盐。他又不像阿朵是暴发户，鲜花如果跟阿朵学了，他们这日子还过不过了？鲜花叹气说，她就这么死心塌地跟杨嘉过日子，人家还嫌好道歹地呢。天天做黄粱大美梦，尽想哪天能拾到个谁家的小寡妇呢。

“万恶朝天一撮毛！”阿朵冷不防地扭住了杨嘉的耳朵。说，鲜花整天这么打扮，也不嫌丢他的人？

鲜花坏笑起来，欲言又止地说，杨嘉不怕丢人，就怕碰上不知道的……杨嘉挣脱阿朵，让鲜花积点口德，不要乱说。见杨嘉有意遮掩，鲜花又在坏笑，阿朵更是来了兴致，偏要问鲜花到底发生了什么事，鲜花的话里含有什么样的弯。

鲜花却望着杨嘉哧哧地坏笑。

杨嘉笑骂鲜花，说：“笑！笑！牙龇得跟狗肉幌子似的。咱家可是回民啊！万一招来买狗肉的，你上哪里给人家淘换这钓鳖食去？”

阿朵把鲜花拉到自己身后用身体护住，给她打气说：“你只管说，我看这小个子，今天敢动你一下？！”

鲜花笑说，那天，一个熟人老太太从商店门前过。鲜花跟她打招呼，问她吃过饭没有。老太太也是个爱说话的人。一边答应着鲜花，一边停了下来和鲜花说话，问她：“这个男孩是你的？”

鲜花以为是说楠楠，就顺口答应说是。老太太对着柜台里的杨嘉问，妈妈都给他啥好吃的了？看把孩子养得多胖，长得多富态！鲜花听了老太太的话，心里猛然一怔，她想楠楠不胖啊？抬头一看，楠楠在马路对面和小朋友玩呢！回头再顺着老太太的目光往里看，见杨嘉也正瞪着眼盯着老太太看。

“老太太话还没说完呢！”鲜花和阿朵笑得弯着腰，老太太接着说，长得不矮了，个子比他妈妈都快高一头了。鲜花和阿朵两个人坏笑起来，根本停不下来，再也不顾得一旁尴尬的杨嘉了。杨嘉讪讪地笑着自我解嘲，说，这有什么可笑的？那老太太年纪大了眼神不好，谁还能没有看走眼的时候。

鲜花接着又说，就怨老太太的眼神不好。那天，来了个送货的，胡子拉碴的，都三十几岁的人了，却喊她大娘。鲜花先以为不是喊她，就没吱声。那送货的还来劲了，大概以为鲜花老得耳朵也不行了，躬身伏到鲜花跟前，大声问鲜花："大娘——店里还进点啥货不？"

鲜花也愣了，问他怎么叫自己大娘？那人还有点沾沾自喜地问鲜花，他没叫错吧？鲜花没有回答他，反问他今年多大了。送货的说他才三十岁，问鲜花怎么也有五十多岁了吧？这么称呼她，是出于礼貌，也为了好说话。鲜花心里哪会高兴？要了货后，也不看送货的，很随便地说了一句："去让你大爷给你拿钱结账吧。"

那人答应后，就在副食店里傻等起来。鲜花以为杨嘉正给他数钱，就没再理那个人。直到那人等得有些急了。问鲜花，大爷他什么时间来，说自己还要去别的商店送货呢！鲜花扭头指了指正在看书的杨嘉，对送货的说："你大爷不是一直都在店里吗？你怎么还不跟他要钱？"

送货的往里伸头又找了找说："哪有啊？就我兄弟一个人！"

"你叫我大娘，就得喊他大爷！"鲜花忍住坏笑，对那人说，"他是我男人，今年三十二岁；我比他大一岁，今年三十三。"

阿朵哪还能站得住，笑得在杨嘉的商店里跳起脚来。

"送货的那个傻呀！"鲜花也笑出了眼泪，稍喘过一口气来又说，送货的干张嘴巴也说不出话来了，杨嘉给他钱的时候，他连数也没数就夺路而逃了！

两个女人笑过后，阿朵说，杨嘉就是显得年轻一些。鲜花说，杨嘉怎么会不年轻？书没读好，从小到大都在学屋里。也没出过力，脾气又跟孩子似的。天塌下来，也别想让他发愁。他们刚结婚的时候，就是吃不上饭，杨嘉也不愁不急，依然是一天到晚乐呵呵的，把人把事总是往好了想。

鲜花换了一种语气。说，其实，也不能说杨嘉就是个乐观的人，想让他掉眼泪也很容易。阿朵以为鲜花要夸杨嘉呢，却不料，鲜花"嗤"了一声，一脸不屑地说，如果是杨嘉自己的事，作再大的难，受再大的罪，他也不会掉泪。要是看到电视上哪里受灾，或者哪家煤矿出事，死了几十、几百人，看到电视上的遇难者家属哭天抹泪、痛不欲生的样子，杨嘉的眼泪，就会跟着一嘟噜一串地往下落。

阿朵问杨嘉，是不是这样的？杨嘉承认说是。那些人都是正当年的劳力，他们上有老、下有小。一下没了命，撇下的家人，以后该如何生活啊？！鲜花质问杨嘉，他有那么多的同情心，怎么就不往自己家里人身上多给点？也体谅一下自己的老婆孩子，让她的日子过得更好一点。

杨嘉皱着眉头把脸扭向一边，一只手却对着鲜花摇得比风扇还快，要她知足常乐，保持一颗平常心。现在他们能吃上饭，孩子能上起学，就该知足了。人对金钱的欲望是无止境的，无论你多么有钱，有再大的能耐，也不可能把世上的钱都挣去。杨嘉认为，金钱越多，人的邪恶面就被放得越大；善良面也隐藏得越深。恶向胆边生，不遵守人生的游戏规则，被半路罚下的比比皆是。他一直推崇“只要还活着，就还算是幸运的人”的观点。

几天后，文武带着杨嘉，见到了公安局刑警队的队长。队长是个很和蔼的人，通过和他的接触，杨嘉改变了自己对公安人员的固有偏见。队长也承认，老百姓对公安人员是有各种误解。原因就是他们内部，确实有一些素质不高的人。但那样的人，决不会是刑警。他的手下就个个都是以一当十、独当一面的精锐，任何黑恶势力，都别想用任何手段诱惑他们。队长把案件的经过简单介绍了后，把一堆材料推给杨嘉，并叮嘱他，这些都是保密材料，他只能在刑警队里看。队长说，必要的时候，杨嘉还可以和犯人接触并进行采访。

这果然是件令人胆战心惊的惊天大案。杨嘉十几天看完了厚厚资料，并跟犯人进行了面对面的接触、采访，也查阅了相关的资料，案件不但深深地吸引住了杨嘉，也震撼了他的心灵。甚至几年后，杨嘉都还在做跟这帮犯人有关的噩梦。

杨嘉很快就投入写作，三天完成一集。两个月后，一部二十多集电视连续剧的剧本初稿就顺利出炉了。稿子寄给北京和上海的几家影视公司后，对方很快就反馈回来信息，连连说精彩、震撼。

几家制作单位，都表示了要签下这个剧本。也该这孩子走背运，就在剧本马上要进入操作阶段的时候，天不遂人愿。此时，正碰上国家广电局下文，要求各地电视台不得在黄金时段播放涉案类电视剧。所以，制作单位就不敢冒险拍摄了，剧本只好搁浅。此是后话。

几天后，罗淑呼叫杨嘉的手机，让他到她单位来一下。之前，她把杨嘉的那篇小说《拘留》要过去看了，现在小说看完了，要还给杨嘉手稿。罗淑的单位里就她一个人，连个顾客也没有。罗淑说杨嘉真能苦中作乐，人被关了还能笑出来，把小说写得那么幽默！

杨嘉笑说，“日出东海落西山，愁也一天，乐也一天。”干吗要跟自己过不去？被拘留的那十几天，他也感觉很平常，绝对没有外界想象的痛苦和不爽。过后想起来，又觉得挺好玩的。所以，就把《拘留》写成了那个样子。

罗淑一边打毛衣，一边不动声色地问杨嘉，啥时候，把小说里的女主角介绍给我认识认识。罗淑要看看，那到底是个什么样的仙女，让杨嘉在囹圄里还那么念叨她。杨嘉讪笑了一下，说亏罗淑还是个文学爱好者，她怎么也会把小说和现实联系起来了。女主角是《拘留》里“我”的情人，她曾经要去看看囹圄中的“我”。但却一直没去，那是杨嘉故意设计的一个艺术遗憾。罗淑却坚信不疑。说，那就是真的，问女主角为什么没去看杨嘉呢？换了是自己，就一定会去。罗淑把女主角嫉妒得要死，嫉妒有个文人这么想着自己，也羡慕女主角是真幸福！

杨嘉急忙跟罗淑辩解，说，自己生活中，从来也没有出现过那样的女主角。自己的小眼睛长得要多难看有多难看，不说别人，就连他都讨厌自己的这副丑陋皮囊，恨今生今世，不能托生个潘安的相貌，还怎么会有人喜欢他？杨嘉自我解嘲说，爱神是个势利眼。他捧着心脏往丘比特的箭上撞，可那孙子的方向，转得比兔子还快，更别说往他这里射了。罗淑像是在鼓励杨嘉，要他也别太没自信。说不定哪天，就真的会被哪个小妮、或小娘们儿看上了呢！杨嘉苦笑说，那就跟太阳会打西边出来一样，没一点点可能性。

“那可不好说啊！”罗淑说这话时，眼睛一刻也没离开手里的毛衣活。杨嘉微笑着意味深长地打量罗淑。罗淑知道杨嘉在盯着自己看，觉得有些不好意思，羞红着脸抬起头，回了杨嘉一个微笑。

杨嘉的心里，开始对罗淑有些蠢蠢欲动了，他认为罗淑处处在暗示自己。于是，他把一封写着对罗淑是如何地倾心爱慕、如何地痴情迷恋、如何神魂颠倒的信交给了罗淑。羞红着脸把信扔给罗淑后，他几乎是落荒而逃的。逃去没多远，杨嘉就后悔不迭了。他这是在干什么？感觉自己确实太莽撞，也太自不量力了。脑子里一片空白，想一阵，脸就羞红一阵。甚至有了不想再活下去的念头，他在心里把自己骂了个狗血喷头，仍然觉得远远不够。罗淑是什么？她是一种神圣，一种美丽，一种意境。自己又是什么人啊？平凡、粗俗、丑陋、蠢笨……

杨嘉不敢想象罗淑看了信后，会是什么反应，痛骂还是冷嘲热讽？他幻想着最悲惨的结局：罗淑把那封信，满是嘲笑地交给风铃。好事的风铃，用她轻蔑的口吻再添油加醋地那么一传播。然后，关于杨嘉癞蛤蟆想吃天鹅肉的笑谈，在县城漫天飞舞起来。人们像打量怪物一样地打量他……

杨嘉不敢再往下想了。

还没有风光几天的阿朵，麻烦事说来就来了。

那天，一辆警车停在了她的小旅馆门口。从上边呼啦啦，一下下来六七个警察。他们个个铁青着脸，直奔阿朵的雅趣间。幸亏当时那小姐不在旅馆，他们又看了看其他地方，并没发现他们想要找的目标。然后，他们盯着阿朵和郑乾，耐人寻味地看了看。这才虎着脸、一言不发地走了。

这下，可把阿朵和郑乾吓坏了。

“我说什么？咱嘴不尖别吃那磨眼里食。”杨嘉对还在胆战心惊的阿朵和郑乾说。今天这一劫他们算是躲过去了，可下次呢？他们不可能总是那么幸运。劝阿朵和郑乾还是趁早收手，别到时被抓蹲了大狱。

阿朵问杨嘉公安局有没有熟人。可，杨嘉做人的原则在那里放着，就是公安局有熟人，也不可能帮阿朵和郑乾去通融这种事。郑乾却想试一试黑道上的朋友，看他们能不能帮忙。为什么别人能做，他就不能做？他相信自己还是有几个朋友的。

两天后，阿朵和郑乾脸上都露出了喜色。郑乾通过熟人，找到了韩家四虎中的二虎。二虎在公安局给郑乾办了“社会综合治安免检单位”和“特种行业经营许可证”证书，只须每月向公安局交上一两千元的费用，就再也不会有什么麻烦事了。至于他们花给二虎多少钱，两口子都闭口不说。只道钱是小事，关键是他拿钱也没地方送，也办不成。两口子心里把二虎千恩万谢，说，二虎哪天有空了，一定让他到小旅馆来。他们拿最好的酒菜，要美美地招待招待他。

这天清早，杨嘉见小旅馆的门虚掩着。打算要点水喝，推门进去。阿朵听见有人开门，就在她的那雅趣间里，扬着嗓子问是谁。杨嘉一边答应，一边循声过去，拉开了雅趣间的门。

阿朵的雅趣间，是仿日本榻榻米设计的。木质地板上，又铺着绿色地毯。地毯中间，是阿朵席地而铺的被褥。平时，小姐就是在这个被窝里工作的。

阿朵和郑乾，今天晚上居然睡在了小姐工作的被窝里。郑乾早起买菜去了，剩阿朵一个人躺在那里睡懒觉。

“你别过来啊！”阿朵笑着一边往外撵杨嘉，一边把被子裹紧。

杨嘉四下里瞅了瞅，见阿朵的内裤在墙角扔着。杨嘉脱了鞋上来，要掀阿朵的被子。说，阿朵每天叫他相好的，他好人落了个赖名誉。今天就凑个热窝，和阿朵把好事办了，也算有了名分。以后，再叫他相好的，他也心安理得了。

阿朵只顾张着大嘴傻笑，却把被子裹得更紧了。她让杨嘉骨碌一边去，问杨嘉就不怕郑乾回来揍他。杨嘉索性用一只手支撑着头，半躺在阿朵的被子外边。逗阿朵说，郑乾买菜怎么着也得一两个小时，他们把什么事办不完了？那又不是面缸里的面，挖一瓢少一瓢，回头郑乾能看出来？这撑死也就是擀面杖插在水缸里，在里边时搅搅，拿出来连点印迹也没有。

“话一到你嘴里，好话好事也成难听的了！”阿朵张着大嘴笑说，杨嘉也就是个光说不练的假把式！杨嘉问阿朵这话什么意思？说，硬的怕横的，横的怕愣的，愣的怕不要命的！他今还就不要命了，做出真要掀阿朵被子的架势。这时，突然一只大手，在杨嘉的背后有力地推了一把。让本来就一只胳膊支撑身体的杨嘉，一下趴在了阿朵身上。阿朵的另一只手，正在扯去两人之间的被子，她急促地让杨嘉快点。杨嘉一下愣了，立刻意识到要发生什么了，尴尬地急忙抽身，说这玩笑开大了，再闹就真的出乱子了！这要是给郑乾看到，他满身是嘴也说不清了。阿朵气急败坏地，骂杨嘉是没种的货！以后再……她把杨嘉的脖子给拧断。

杨嘉边落荒而逃，边连连说：“我没种、我没种，我是真的没种……”

阿朵裸身坐起，用枕头恶狠狠地朝杨嘉砸过去，让他死得远远的！杨嘉急急忙忙地把雅趣间的门拉上，还敢要什么水啊？能溜出来就是逃命了。又过了一会儿，阿朵起床后也没梳洗，就蓬头垢面地来到清明副食，冷不防地在杨嘉肩上狠狠抽了一巴掌。正托着下巴两目呆滞的杨嘉，被冷不防打了一下，“哎哟！”一声，用手痛苦地捂着肩膀。

“咋了？让人踩着尾巴了？”阿朵又举手要打，说，“还要？”还要就再给杨嘉来一下。

杨嘉知道是自己惹的祸，赶紧捂着肩膀，站起来溜掉了。鲜花不知道什么原因，看阿朵这么狠地打了杨嘉一下，有些心疼起来。问杨嘉怎么得罪阿朵了，是不是又嘴贱了？说要是她这么打杨嘉一下了，杨嘉非得和她翻脸不可。

阿朵并不看鲜花，而是用凶狠的目光，逼视着四处乱躲的杨嘉。杨嘉也不分辩，只是捂着自己的肩膀，远远地躲开阿朵凶狠的目光。

杨嘉躲到里间去了，阿朵这才回过脸去对鲜花。叹了口气说，她只说请二虎到这里吃顿饭，没想到他看上小姐了。说那小姐本来就是他的，早两年自己还没混这么大发，让她跑掉了。这会儿，说什么他也不能再失去她了，一个人霸占下来，别人碰也不许碰一下。他又不给小姐钱，带着几个马仔又吃又喝又拿，天天撵都撵不走。阿朵问鲜花，他们这些人怎么跟粘胶似的？粘上就甩不掉了！

鲜花埋怨阿朵，二虎那些恶人，别人是躲都怕躲不及，她却给人家自送上门，还能不被讹上？

阿朵伤心地说，当时她和郑乾也只是为了生意能干下去。这下，连老本也要赔光了！往后她该怎么办啊？！

“市井无赖，近之则必受其乱。”杨嘉在里间，说了《治家格言》上的一句话。

“真的就是这样啊！”阿朵叹气说。让杨嘉帮她想想怎么对付他们，杨嘉却揶揄地说，阿朵两口子什么点子没有，哪能用得着他帮着想办法。

“你是不知道啊？！”阿朵说，“那小姐昨天晚上被二虎接走，到现在也没给送回来。小姐被二虎威胁不准逃跑，如果逃跑了就去家里找她。然后，把她在县城卖淫的事告诉她的父母和熟人，让她生不如死。她白天被二虎的马仔看着，一会儿也出不去门。晚上，就成了二虎的私人财产。他们这些恶棍，是什么事都能做得出来的。”

就在这时，二虎的桑塔纳停到了小旅馆门口。小姐目光呆滞，头发凌乱着，被送了回来。她一脸的憔悴，全然没有了当初的可人样。阿朵招呼她到杨嘉的商店里来，说，现在旅馆里没一个人，让她先到清明副食这边来坐一会儿。二虎开车走后，他的两个负责看管小姐的马仔，直接进了阿朵的旅馆。小姐艰难地朝鲜花和杨嘉笑笑，缓步走进了清明副食。阿朵把她揽到腋下，另一只手给她捋顺了头发。阿朵长吁短叹地说，她该怎么办啊！看了一眼可怜的小姐，又向杨嘉投去求助的目光。

“我现在就只想死……”小姐话没说完就哭了起来。她断断续续地说，如果她没有生病的父亲和怯弱的母亲，不怜恤没成人的弟弟，她一刻也不愿活在这个世上了。鲜花和阿朵都劝她想开一点，但，这样的劝说能有什么力度啊？！

杨嘉满腔激愤地发牢骚，说，实在不行，让阿朵把店门关了，不干这生意了。那样，小姐就好找机会逃离这鬼地方了。

“你说什么？再说一遍！”二虎的马仔，不知什么时候已站在杨嘉的店门外了。

小姐抹了一下眼泪，急忙迎出去。说："这里谁都没说什么！我生是二虎的人，死是二虎的鬼。为了我的家人，我不会跑的。"

阿朵也迎了出去，说快到饭时了，她去给他们弄点酒菜。连哄带劝、连拉带拽地，让那两个马仔跟着她回旅馆，才算把他们死盯着杨嘉看的凶狠目光，很不情愿地给收了回去。

罗淑是几天后打来的电话，杨嘉战战兢兢地，犹豫了很大一会儿才接。

其实，罗淑每天都从杨嘉的商店门口经过，只是很匆忙，没被杨嘉看到。她在电话里先笑了一下，说谢谢杨嘉对她那么高的评价，她也挺喜欢杨嘉的性格，也很看好他的前途。

"你还记得《陌上桑》吗？"罗淑问。

"只要你没生气就好！"杨嘉忐忑不安地说。向罗淑坦白是自己太幼稚，是一时冲动。

"生什么气？这说明我还是有点魅力的！"罗淑让杨嘉先别扯这些了，她是有事要和杨嘉说。罗淑说，她那天从杨嘉的商店门前经过，看到二虎的马仔找杨嘉麻烦。罗淑叮嘱杨嘉，千万千万不要去惹他们。

原来，罗淑娘家和五龙四虎二豹子是邻居。罗淑刚十八岁的时候，被已经离过两次婚的二虎看上。他三番五次地托人来说媒，罗淑和父母说什么也不同意。二虎看软磨不行就硬缠，喝醉了酒闯进罗淑家，直接躺在罗淑床上不走。罗淑躲到了亲戚家，再不敢回家。直到后来，她随便找了个对象，仓促地把婚结了。二虎的毒气没地方撒，就带着他的那帮弟兄，把罗淑的父亲打成了残疾都不解气，还把罗淑的父亲抱起来，扔进了水塘里，差一点给淹死了。

"你听我一句劝。"罗淑在电话里说，"咱惹不起，躲得起！他们都是些什么人啊，怎么配跟你斗？"

杨嘉谢了罗淑好意，说他的脾气就是吃软不吃硬，让罗淑不必为他担心。罗淑的声音一下急了，说，她求求杨嘉了，让杨嘉一定答应她，别去惹二虎他们，就是为了她，也要答应。罗淑在电话里一个劲地说："杨嘉，你可不能有事啊！”

杨嘉怕罗淑担心自己，就岔开话题说，自己都这个年龄了，到现在还没有开个。他的个子难道就这么不长了？他听人说，男孩比女孩开个开得晚些。他就这么一直等着开个，等了这十几年却不见一点动静。眼见得，他的皱纹都要长出来了，可就是个子不再长。人说八十三蹿一蹿，这话到底有谱没谱？

罗淑在电话那边，已经笑得说不出囫囵话了。说，看来是自己杞人忧天。杨嘉告诉罗淑，为了那让人憧憬而又虚无渺茫的爱情，他也不会有任何事的。

爱情这奢侈的东西，只是人们的一种憧憬罢了！它就像天空中的彩云，看似豪华美丽，其实是不存在人间的。钱、权、貌、势、才，只是虚伪爱情的外在条件。有了这些条件，俊男靓女们，就可以尔艾我怨了。骗得男男女女们吵吵闹闹，你死我活。然后，说这就是爱情。

男人来在世上，有一个女人给他做老婆。老婆为他生孩子，给他带来些快乐，也就得给他添些烦恼。天下美女，好比天上的星星，爱你的、你爱的，又能有几个？这山巴着那山高，个个都想做掰棒子的狗黑子。吃到葡萄的说葡萄甜，吃不到葡萄的说葡萄酸。其实，葡萄有酸也有甜。有人爱吃酸，也有人爱吃甜。没吃到的空遗憾，吃到葡萄的却未必就真心喜欢。

杨嘉认为，狐狸本来长着吃鸡的嘴，根本就不在乎葡萄是酸还是甜。罗淑的再次出现，不过是让自己的生活，多了些许美感。而，他有自己人生的梦想。就像骑马远行的人，美景只不过是路旁的点缀，可以让人赏心悦目。若为了美景停下来，就有可能永远到达不了目的地。

他的鲜花虽不漂亮，也不如罗淑的脾气好。但她是个女人，又生了楠楠，这已经足够了。楠楠是个可爱的孩子，是他们的希望。他生下来时不肯哭，而是静静地躺着。医生提起他的一双小脚丫，拍了几巴掌，他才只咧嘴号了两下。医生不得不用听诊器，听他的心脏和呼吸系统。但他一切都是正常的，他只是不愿意哭。不到一岁时，他便会走路说话了。

两岁时杨嘉买了一只鸡，楠楠兴奋地凑上来问，这是啥家伙？杨嘉告诉他是鸡。他问小鸡它咬人吗？杨嘉说不咬。他好奇地问，自己能玩玩它吗？杨嘉让他只管玩，一会儿还要给他炖着吃呢。鸡的两条腿是被捆住的，杨嘉进屋才一会儿，楠楠就面含委屈地跟了进来，他的左手捂着右手，噘着小嘴，生气地说："爸爸骗人！"

杨嘉忙问他怎么了？楠楠却反问杨嘉，不是说鸡不咬人吗？杨嘉说是啊，鸡没牙齿怎么会咬人呢？楠楠一下哭了起来，说："它咬人！它咬我的手了，疼得很！"

杨嘉和闻讯赶来的鲜花，都忍不住大笑起来，鲜花赶忙过去抚了抚他的手说，没事。楠楠不依不饶地哭说："你没事，我有事！爸爸坏，爸爸骗人。"

没过多久，阿朵的小旅馆就关门大吉了。郑乾和阿朵，实在顶不住二虎一帮人的吃喝拉撒，他们赔光了所有的本钱。郑乾在深夜，偷偷地拉下卷帘门。贴上"此房转让"时，叹了口气对杨嘉说，财去人安乐。小姐已经远走高飞了，他让杨嘉也防着二虎点。郑乾和阿朵，匆匆地消失在了夜幕中。明天，他们又将投入到茫茫的人海里，去继续寻找他们生存的坐标了。

第二天，二虎又带着他的马仔，来到了阿朵的小旅馆前。他们盯着门上的字看了半天，然后来到清明副食门口。问杨嘉是不是叫杨嘉？说，他平时与杨嘉秋毫无犯，不知道杨嘉为什么出面坏他的好事？今天说不出个让他满意的一二三来，就别怪他不客气了。

二虎先不让他的那些手持棍棒、准备随时开打的手下动手，而是一下拽过杨嘉的领子，压制性地让杨嘉蹲在自己面前："今天就算阎王爷是你舅，估计你也得成为我手下的小鬼。"

杨嘉让二虎放开自己，说，敢不敢让他打 110。不想，二虎先拿起电话，递给了杨嘉。说，有能耐只管放心往外使，让杨嘉随便给谁打电话。说，他在这里打人不算自己有本事。等 110 的来了，他跟着 110 去公安局里送杨嘉上土耳其。

杨嘉说自己不打110，要打刑警队长的电话，因为他毕竟因为剧本创作的事情跟刑警队长熟悉。从二虎手里接过电话后，杨嘉直接拨通了刑警队长的手机。刑警队长语气肯定地说，让杨嘉在二虎跟前提他的名字就行了，二虎绝对不敢把杨嘉怎么样；实在不行，就让杨嘉去他那里，他倒要看看二虎敢怎么样。

杨嘉放下电话后，对二虎说，自己要去公安局。二虎说他陪杨嘉去，他也要看看，自己不敢在哪个公安人员面前弄死杨嘉。杨嘉脸色木然地走在前，二虎和他的那帮手下大大咧咧地跟在后，十几个人一起进了公安局。杨嘉直接去了刑警队队长办公室，二虎和他的那帮手下也随后跟了进去。

刑警队长正在看电脑，他示意杨嘉坐自己对面。然后，头也不抬地骂了一句："二虎，你狗日的想干啥？"

不想，二虎见了刑警队长立即满脸堆笑，变成了一副奴才相。二虎嬉笑着，要给刑警队长点支烟。刑警队长不但不接他的香烟，也不扭头看他一眼，只说了一句："你告诉我，想干啥！"

二虎嬉笑着连连说："谁想干啥了？谁想干啥了？我就和杨嘉开个玩笑。"

刑警队长说："开玩笑可以，你揍他一下都不行。"

二虎嬉笑着，轻轻地在杨嘉肩膀上拍了一下，又讨好似的问刑警队长："你不让揍我偏揍，俺们是弟兄，我揍他一下怎么了？"

这时，刑警队长的眼睛，从电脑屏幕上移了过来。他盯着二虎正色地说："你是什么人，人家是什么人？杨嘉怎么可能与你称兄道弟？我告诉你二虎，只要你狗日的敢揍杨嘉，我就敢立马关你！"

尽管二虎的脸色，红一阵白一阵，但他却始终对刑警队长保持着媚笑。

刑警队长正色对二虎说："我当刑警队长的这几年，已经把四五十人送上了断头台。你们兄弟几个，现在越来越不像话了。作？让你们狠劲作！迟早有一天，我会把你们都送到号里去。"

二虎虽然难堪，但还在讪讪地笑着，进一步想跟刑警队长套近乎。说：“你送谁？你送谁？俺弟兄几个平时没喂好你是不是？”

刑警队长厉声说：“什么没喂好我？滚蛋！”

二虎的那帮手下从进刑警队长的办公室的那一刻起，就站在门外边，没人敢再说一句话。他们现在都有些战战兢兢，连大气也不敢出了。刑警队长撵二虎滚蛋，二虎为了给自己找个台阶，脸色羞红着对刑警队长说：“要滚，我和俺杨嘉兄弟一起滚。我在那边的清真饭店里弄了一桌，还等着俺们去喝酒呢！”

刑警队长见杨嘉心里有些忧虑，就大声让杨嘉放心大胆地往外走，说，只要二虎敢动杨嘉一下，打个电话给他。下边的事情，就不用杨嘉管了。

文武在电话中听鲜花说，杨嘉被二虎钳制着去了公安局。他和鲜花一起，去了几个地方也没找到杨嘉。这时候，他们心情沉重地找到刑警队。迎面碰到二虎和杨嘉，好像没发生什么事情似的，从里边出来。二虎拉着杨嘉说：“走、走、走，我请客，咱兄弟几个去喝几杯。”

杨嘉一边挣脱，一边说自己是回民，从来都不会喝酒。二虎却坚持说：“我在县城最大的清真饭店定好桌了，那里的老板和我是朋友。你们都是回民，你也肯定认识他。”

杨嘉当然不愿意跟二虎去吃饭。两个人正拉扯着，文武和鲜花不明就里，以为他们是要打起来，急忙赶过去，把杨嘉拉到了身后，并质问二虎要干什么。

二虎朝鲜花笑笑说：“嫂了，你怕啥？我是喊杨嘉哥去喝一杯的。”

文武和鲜花的脸色，这才慢慢缓和下来。他们对二虎说，今天杨嘉就不去饭店了，以后低头不见抬头见的，只要有可能，会同意杨嘉去的。二虎没再坚持，他和自己的那帮手下一起，上了自己的车。车掉头过来，和杨嘉一行人打照面的时候，打了声招呼，就走开了。

鲜花心有余悸地说：“我以为杨嘉这次肯定凶多吉少，说不定，已经……”

不远处，罗淑正一手扶着自行车，一手紧摁自己的胸口，专注地看着这边发生的一切。文武看到她后，对杨嘉说，是他告诉罗淑的。

文武和杨嘉向罗淑走了过去。罗淑抚摸着自己的胸口，对走到她跟前的文武和杨嘉说："我的娘啊——你可把我吓死了！"

罗淑埋怨杨嘉说，她告诉过杨嘉，他写小说已经入门了，底蕴不错，语言也很棒；杨嘉也答应过她，会正视自己的前途和人生价值，不会去和几个市井无赖过于纠缠的。不知道今天为什么又发生了这样的事。杨嘉说，谁不想安居乐业，他也知道自己几斤几两，也绝对不是他想去挑衅什么。但，有时候不是你善良老百姓想平安，就能平平安安的。新中国让老百姓头上没有了旧的三座大山，但，就真的没有新麻烦找上家门吗？若是不公与委屈越来越多了，人心就能平静下来吗？谁又心甘情愿地生活在屈辱与不公之中？！

文武心有余悸地说，好在他介绍杨嘉认识了刑警队长，不然，今天准得没命了。

鲜花见杨嘉一扫阴霾，高兴得跟个孩子似的。回家的路上，她不动声色地问杨嘉，那个罗淑怎么和杨嘉那么熟？杨嘉说那是常风铃的邻居，曾经跟他是同学，有一次吃饭的时候遇到过一次。鲜花问是杨嘉的什么同学？不是一起学习出轨的同学吧？杨嘉羞红了脸，分辩说，胡思乱想什么呢，哪会有那个可能？人家那么漂亮，跟咱一点都不般配。

鲜花说，她觉得罗淑怎么比自己还了解杨嘉啊？杨嘉答非所问地说，老迷信的人传说，掌管人投胎的生死婆，在人投胎时，都要给人灌一碗迷魂汤。就是为了让人忘记前尘往事，以免今生活得太累，牵挂得太多累身、累心。

又过了一些时日，刑警队配合市公安局，在公安局会议室召开全县精干警察培训会议。全县的警察到会后，谁也不曾想到，他们的所有手机都会被暂时没收，并被要求任何人不得跟外界有任何联系。在事先没有透露任何风声的情况下，百余名市里的公安干警和县里数百名警察联合，于一天深夜，转变培训内容，突然将韩家的五龙四虎二豹子等人，统统抓捕归案。

这不会只是一阵风，天下什么时间都是善良老百姓的天下。流氓地痞，不过是被窝里的跳蚤。掀不起风，兴不起浪，更顶不破大天去。

这正是：

天怕浮云地怕荒，
人怕有病物怕伤。
童养媳妇怕婆婆，
三岁顽童怕晚娘。
老鼠怕猫猫怕狗，
小鸡最怕黄鼠狼。
草怕狂风霜怕日，
恶人自有恶人降！

家西有个伍老旺

伍老旺既有每天都要喝二两的酒瘾，也有抽几口香烟的烟瘾，村里的一家商店就成了他经常出现的地方。伍老旺每次来买烟买酒，身后都跟着他家那条叫可心的哈巴狗。可心是伍老旺在北京上班的儿子攀攀，前年春节回来的时候，跟县城里同学要的。攀攀回北京后，伍老旺两口子就把可心当成孩子养了。伍老旺说，小家伙通人性得很呢！你要是哪天不高兴了，它就卧在你跟前一言不言、一语不语；一旦见你高兴了，它立马欢实得跟个孩子似的，欢蹦乱跳着跟你玩，打着滚地逗你开心。

伍老旺和妻子张三姐那么爱惜可心，其实，还是心里太牵挂儿子攀攀的缘故。攀攀大学毕业后，在北京找了份外企的工作，两年前结了婚，去年刚刚添了一个男孩。伍老旺夫妇早就想去北京照顾孙子了，可不知为什么，攀攀两口子至今都没发那个话。

村里人不知内情，数叨伍老旺，说，攀攀一个人的年薪就达一二十万了，手指缝里漏出来的小钱，也够他跟张三姐天天喝酒吃肉的了。这穷乡僻壤的伍家河，还有啥值得他老两口子眷恋的，还不赶忙带着张三姐，去北京跟儿子享福？伍老旺犟笑着说，穷家难舍，故土难离嘛！他老两口子都舍不得伍家河，离不开自家的那二亩半老碱地。

村里人问伍老旺，攀攀的小孩也该会跑了吧？

伍老旺心里“咔哧”一下，像是被谁猛击了一记闷棍。攀攀媳妇分娩的时候，他和张三姐都去北京了，是他们抱着孩子出的产房。在伍老旺的印象里，攀攀的孩子应该还是刚出生时候的样子，毛娃一样紧紧地闭着眼睛，安分地待在襁褓中。唉！那时候，伍老旺和张三姐真想待在北京，起码等儿媳妇满月了再回来。可攀攀的房子只有那么一丁点大，攀攀两口子住卧室，他两口子住客厅。攀攀媳妇分娩的时候住在医院，亲家母来后，亲家母住在攀攀两口子的房子里。攀攀媳妇出院了，家里住得下亲家母，就住不下伍老旺两口子了。不得已，伍老旺两口子只在北京待了三天就回来了。

伍老旺嘴里不服、面露不屑地撇着嘴说："话一从你们嘴里出来，就说得没有一点大天了，一个刚出生的孩子哪能有那么快？还学会跑了，你们还不如说学会飞了呢！"

人家问伍老旺，孩子是去年几月生的，现在有一年几个月了。伍老旺记得非常清楚，孩子现在是一岁三个月单六天了。人家说，村里二半吊子老晕家的三孩，才一岁单一个多月，人家早都会满处跑了。伍老旺仔细一想，可不是咋的？老晕那么笨的人，他的孩子还没攀攀的孩子大，老晕的孩子像老晕，鼻涕邋遢地刚刚会拃把（小步）着走路，咿咿呀呀地刚刚能喊出爸爸妈妈。他家攀攀的孩子咋也得比老晕的孩子强八百帽头子，应该早就会跑，甚至早就学会说话了。

伍老旺不想让人看到自己心底里去，就瞪着眼地说起了瞎话。说，攀攀上次来电话说，孩子早都会喊爷爷奶奶了，现在正开始学识字呢。伍老旺说着更加来了兴致，他越发觉得攀攀小时候那么聪明，儿媳妇和攀攀都是大学生，两个人的孩子咋也得比攀攀小时候更聪明些。于是，他继续在脑海里编织起在北京的孙子来，说，儿媳妇买了几十本看图识字的书，还有点读机啥的，尽是他说不上来的高科技玩意儿，没事就在家教孩子数数、识字，还念啥子英语。小家伙聪明得很，现在一口气就能数到一百，还认识了几百个汉字，也会背几首唐诗了。攀攀上班忙，孙子的学习都是儿媳妇教的。

最后，伍老旺又叹了口气，说，他是啥都无所谓，别管伍家河，还是北京，都能适应得过来，去不去北京都没啥要紧的。其实，他主要是担心攀攀妈张三姐，北京的街道那么多，跟迷魂阵似的，就怕她跟老晕似的到了北京就犯迷糊，出去门就再找不到家了。

村里人相信伍老旺说攀攀孩子聪明的话，他们都知道攀攀从小就不是一般地聪明。但，却质疑伍老旺两口子不想去北京。他们说，张三姐黑夜白日里念叨孙子、念叨攀攀一家，恨不得能一下子蹦到儿子、孙子身边去，她会不想去北京？

伍老旺急忙跟人狡辩说，张三姐嘴上是那么说的，其实她还不是有自己的担心吗，怕到时候万一跟儿媳妇合不来。家就那么一点点的地方，转个身都能碰着头，最主要的还是担心不方便。

人家又跟伍老旺抬杠了，说，攀攀媳妇到伍家河来过，一看人家就是个知书达理的小媳妇。伍老旺叹口气，说，孩子再好，可人无千日好，花无百日红！日子久了，谁家能会没有碗勺碰锅沿的时候！

众人又说，除非有一样，张三姐作、当管过头！一个巴掌拍不响，哪家的婆婆跟儿媳妇对阵，不是一个针尖、一个麦芒！

伍老旺暗想，几十年了，大家谁还不了解张三姐，她能是个多嘴多舌的人吗？他两口子都能管住自己的那张嘴。再说了，人和人是不一样的，他的儿子考上了大学，又在外企上班，懂的道理那么多，能会看着张三姐跟儿媳妇吵架吗？

伍老旺却对众人说，老方子不治少症，现在讲究自由、民主了。老人看见孩子行事不顺眼的地方，就管不住自己的一张嘴，啥事都想说说，啥事都想管着，最后只能是自讨没趣了！

没等再跟村里人说完什么，伍老旺就离开了人场，急匆匆地回了家。他现在想立马就去北京看看孙子，也许孙子真的像他说的那样，会满处跑、会喊爷爷奶奶、会数数、会识字了呢。伍老旺想立马带着张三姐去北京，他在心里甜蜜地憧憬着，怎么张口跟张三姐说去北京的话，以及到北京后怎么跟儿子一家过日子。

突然地，伍老旺就想起了攀攀小时候。有一年，他和张三姐去镇上赶会，扁担的前头挑着攀攀，后头挑着要换点称盐、打醋钱的农产品。一路上，两口子不知说到了什么话题，伍老旺换肩时，一时忘记了筐里的小攀攀，没承想把孩子给转到了身后。两口子正说得热火朝天，突然听到谁家的小孩子哭，荒郊漫野的，他和张三姐都吓了一大跳，惊慌失措地忙去找看，才发现是攀攀在身后的筐里哭呢。两个人那是又惊又喜，忙把孩子掉回前面来，然后停下，一起弯腰盯着满脸泪珠的攀攀。笑问："是不是两个老家伙只顾得自己说话，把俺孩子一个人给弄后边去了？只能看见四条迈着的腿，看不见爹娘的脸了，把俺孩子给急哭了？"

张三姐故意扬起巴掌要打伍老旺，说让你个老家伙光顾得说话，让你不打招呼就换肩！咱今天打死你爹这个老家伙，看他还敢不敢让俺的乖孩子看不见娘了！小攀攀破涕为笑了，一家人还没往前走几步，伍老旺却又故意地换肩，再次把攀攀给转到身后去了。没等小攀攀再次哭出声来，他"哎嗨"一下，又给转了回来。就这么一前一后、一后一前地转着，小攀攀的脸上也一下阴、一下晴着。伍老旺和张三姐的脸上，则是掩饰不住的欢笑。

后来，随着伍老旺挑子的转动，小攀攀跟爹娘变起"嘛"来。他松开紧抓挑筐绳的两只小手，被转到后边时，笑着捂上双眼。回到前边看到娘时，再"嘛"地一下猛然张开双手，咯咯笑着再给娘露出个大大的笑脸。一家三口一路玩耍着、嬉闹着，走到镇子上的时候，赶会成了赶会尾子，差一点连挑去的农产品都没卖成。

回到家里，伍老旺想先探探张三姐的口风，问她还记不记得当年挑着攀攀赶会的事。张三姐甜蜜地回忆了一下，说，那时候，攀攀刚刚学会呱嗒话。虽说二三十年过去了，可一想起来，还跟在眼跟前一样，一辈子也忘不了。

张三姐问伍老旺咋突然想起这些来了，伍老旺掩饰着说，刚才没事，在路上一下子就想起来了，觉得那时候一家人在一起真好。这次，轮到张三姐心里像挨了一闷棍，她垂下眼皮长长地叹了口气，说，想那些有啥用？

伍老旺心里沉甸甸的，试探着问张三姐，心里想不想攀攀和他们的小孙子？说攀攀小两口都去上班了，不知道把他们的宝贝孙子交给谁照看的？还有攀攀，平时吃饭不讲究，饥一顿饱一顿的，咋也没有你做的热汤热水吃着滋润。除了农忙的那几天，一年闲下来的有十多个月，咱老两口真不该这么着在家吃饱了等饿，就应该去北京，看能不能给儿子帮上点啥忙。

伍老旺见张三姐一会子不说话，急忙回过头来看她，却发现张三姐早已泪流满面。她也不看伍老旺，就那么让泪水恣意地在自己脸上流着。许久，她擦了一把眼泪，又狠狠地甩了一把鼻涕才哽咽着说出话来。自己身上掉下的肉，从小一点点捧着、抱着、哄着，小心地呵护着，自己不小心摔倒了，也要急忙先把孩子举得更高些，万一不小心让孩子磕了碰了，那比自己磕碰了还难受，又是吹、又是揉、又是抹拉的，生怕孩子哪里破了皮。

伍老旺能想到一个母亲想儿子的心情，急忙劝张三姐，说，想孩子了咱们去北京找他就是，用不着哭哭啼啼的。张三姐说，不是她不想去北京，她心里是真想去，就连做梦都天天梦到攀攀，梦到小孙子！但，她就是有点担心儿媳妇太爱干净了，伍老旺又抽烟又喝酒的，万一到了那里，惹得儿媳妇不高兴了怎么办？就怕到时候去得容易，回来就难了！

伍老旺看了一眼手里的酒瓶，又摸了摸口袋里的香烟。说，那还不好办？从今往后，我戒了它们就是了。张三姐齉着鼻子、撇着嘴不屑地说，烟酒都是伍老旺的命根子，伍老旺戒得了媳妇，也戒不了烟酒。因为伍老旺以前常说："闲来闷口酒，不白世上走；饭后抽支烟，赛过活神仙。"

伍老旺的拧劲一下子上来了，他说句："你看我戒得了，还是戒不了它！"然后，猛然把刚刚买来的一瓶酒摔碎在门口的一块砖头上，又把口袋里的刚吸了两三支的一包烟，掏出扔在火炉上烧了。随后，伍老旺看了一眼张三姐，断然地说，那些都是过去说的屁话！它们又不是馍饭，不吸不喝能死人？！从今往后，要是再看见我吸烟喝酒了，不论在啥场合，你只管抡圆了扇我的耳刮子。敢对你龇一龇牙，让你把牙给我掰了；瞪一瞪眼，让你把眼给我挖了。

张三姐并不相信伍老旺能改掉几十年的恶习，第二天做好饭后，她把一瓶啤酒和一包新买的烟放在饭桌上。她和善地对伍老旺说，咱嘴上说归说的，性难改、习难移！都五十好几、快上六十岁的人了，还能当真让你戒了一辈子的习惯？以后到了儿子家，只要别喝多了撒酒疯就行。

不料，伍老旺看到饭桌上的烟酒后，涨红着脸对张三姐说：“攀攀他娘，咱两口子有多大的血海深仇？你这么着用烟酒勾我，是存心不想让我去儿子家里享福，不想让我以后接孙子、送孙子，不想让我跟自己的孙男娣女在一起，热热乎乎地过日子！”

张三姐嬉笑着把烟酒收起来说，就你跟儿子亲，就你想儿子。从小到大，你伺候孩子才有几回？

伍老旺目光里露出些许的愧疚，语塞地说：“你、你说几、几回？我没伺候过孩子，攀攀从小到大都是你一个人伺候的行了吧？他没骑我脖子上撒过尿，没趴我脊梁骨上睡过觉，没赖我怀里让我抱……当年，没有机器收种，地里活那么苦、那么累，哪次摸黑下工，不是我抱着或背着他回家。还怕他年幼魂弱，被不洁净的东西勾去了魂，还得一路喊着‘攀攀，咱回家喽，别把魂丢在地里了，乖乖跟着爹回咱自己的家……’”

张三姐撇着嘴说，让伍老旺这么一说，养孩子都是他一个人的功劳了。也不知道儿子是谁生谁养，吃谁的奶长大的了！冬天，伍老旺有几回抱着棒槌，去砸开水塘里的冰凌，蘸着彻骨的塘水，给孩子洗尿褯子？屎臭不臭？当娘的怕孩子消化不好，得把鼻子凑上去闻。还有织单缝棉、嘘寒问暖，当娘的哪一回敢粗心大意？怕他吃不饱肚里饭，追着撵着往他嘴里喂。特别是孩子小时候，只要睁开眼，一眼看不见娘，“妈啦”一下，第一声准是哭着喊着：“娘？俺娘呢？”去问问儿子，上初中以前，他有一天离得开娘吗？要是哪天娘有事不在家，近的，他立马会跑过去找；远的，他站在村头，魂不是魂魄不是魄地一遍遍地去望娘。一旦看到娘的影子了，龙天老爷也难挡得住！他准会撒着欢地一路喊着娘，一路飞奔着跑到娘的跟前。直到上初中、高中，考上大学了，攀攀这才算真正地慢慢离开娘了。

张三姐抹了一下湿漉漉的眼睛，“呲哼”几下酸酸的鼻子。然后，嗔怪地说，她想攀攀，是不止想一回，是天天都在想！

伍老旺跟张三姐商量着说，不如干脆收拾收拾，老两口子一起去北京，从此跟儿子、小孙子住在一起。提到去北京，张三姐有些犹豫了。说，不是她不想去。她一个女人家到了北京咋都好凑合，能跟小孙子住在一间屋里。她主要是担心伍老旺，一个大老爷们儿家的，说老又不是很老；说年轻吧？又一大把年纪了。平时在家大大咧咧地惯了，到了北京能讲究点还好，要是跟在家里一样，夏天光着膀子露大腿，穿件啥都遮不住的大裤衩子。即便儿子能习惯，不说什么；那儿媳妇怎么办？人家可不一定能适应！儿媳妇下了班回到家，就是要放松自己的，有个老公公在家里晃着，人家想穿得单薄点能穿吗？到时候，鼻子一齉，你说你是走还是留吧？张三姐摇着头叹气说：“左右都是个难啊！”

伍老旺也意识到了自己一身的坏毛病，他挠了挠头，长叹了一声说，与其去到北京担心这、顾虑那，还不如不去受那个洋罪。我看，咱们还是老老实实地待在伍家河，好好地侍弄自家的那二亩半地是正门！张三姐也只好无奈地收回呆滞的目光，回身进了屋，两个人都不再提去北京找攀攀。

几天后，伍老旺犯了瘾，又去村里的商店买烟买酒。商店老板笑问伍老旺，不是连酒瓶都摔了，要戒了烟酒去北京吗？怎么没努三天就吃不住劲了？多亏他不是个守寡的女人，否则！还不招得孤老头们乌泱乌泱地跟赶集上店似的？伍老旺苦笑一下，有些破罐子破摔地说：“戒个屁！黄土埋到嘴唇的人了，还戒它干啥？挖个坑（儿）、放个屁（儿），痛快一会儿是一会儿吧！”

旁边一个村民问，伍老旺这是真不打算去北京享福了？

伍老旺正色地说，还是在家伺候咱那二亩半地自在。想干干，想歇歇，手里好歹地有个揪手。到了北京咱能帮孩子干点啥？文的拿不动，武的耍不起，去了也是给孩子添麻烦。一旦闲下来，该不是胳膊疼，就是腿疼了。在伍家河说不定能活八十、九十，到了北京连六十、七十也没谁给你保证。

人们心里不甘，跟伍老旺抬起杠来。说，看来看去，伍家河还是那几条弯弯曲曲、坎坷不平的破土路。一旦下雨，连个鞋脚都拔不出来；一合黑一天明，见到的还是那些个老熟脸膛子，连个新鲜意思也没有；一春夏一收种，庄稼还是那些个产量，多一样都没收成；一秋冬一落叶，树木还是那些棵树木，上边连个瓜毛也没挂过。不去守着自己的儿孙，过热热火火的日子，让伍老旺自己说说，这破伍家河，还有啥值得他两口子留恋的？

伍老旺拧着劲地跟人抬杠，说，只有享不惯的福，没有受不来的罪。咱一个老农民，一对笨脚，拖拉着鞋踩惯了泥巴路，一下子改让你光着脚踩在地毯上，那个软和劲、痒痒劲，还不摔你个仰八叉？！一双粗手，一辈子摸惯了杈、耙、扫帚、扬场锨，突然叫让你戳键盘、摁鼠标，那么细的活，你不怕戳折了手指头？！你们说，咱去到北京城能干啥？能给孩子帮上啥忙？五十大多、快六十岁的人了，说老帮不老帮，说潮巴不潮巴，还能打能动，总不能天天闲在家里，让儿子白养活！

众人抬不过伍老旺，只好遗憾地咂巴嘴。说，谁知道哪样是好？儿女没出息的吧，孙男娣女倒是能让你天天见着，可一睁开眼就是烦心事。万一再摊上个不讲理的儿媳妇，那可真就倒了八辈子血霉了！比鸡骂狗的，让你的祖宗八圈也不得安生。你千样好万样好，也换不来儿媳妇的一个好。像这儿子有出息的吧，翅膀根一硬，“扑棱”一声天南地北的，你找去吧！连个辫梢也让你抓不着。别说等着他孝顺你了，能一年半载地想起来给你寄封信、打个电话，问你一声爹娘好，那就谢天谢地了，你慢慢地感恩去吧！

老话没有说错的：父望子成龙，子盼父升天！你想孩子，孩子不想你了，巴不得你早一天死了，他好早一天没心思呢！现在的这个社会，啥重要？谁重要？钱最最重要！除了钱，啥他娘的都不重要了；现在的人为了钱，连起码的人性、脸皮都可以不要了。就像人家链编的：穿绿的、穿蓝的，到处都是想钱的；早起的、晚睡的，没有不为钱累的……家家观世音、户户弥勒佛。这也不是哪一家兴的，让你赶上这个亲人、骨肉都能不要的社会风气，谁有那个本事再给扳回来？谁想扳回来，谁就得先成罪人！

伍老旺从商店里出来时，正碰上二半吊子老晕。老晕老远地就跟伍老旺打招呼，客气地尊称他老旺叔。他跟攀攀是小学同学，上学的时候，一看见书本子就头晕，老师才给他起了这个外号。老晕死活也没努到小学毕业，上了三年小学二年级，说啥也不愿再去学校，就早早地回家干活、早早地结婚生子了。一般大的年龄，攀攀的孩子才一岁多点，老晕的大孩子却已上小学三年级了。即使他的三孩子，也才比攀攀的孩子小几天。

老晕问伍老旺，攀攀最近可打算回来，回来了一定跟他说一声，老长时间不见，还有点怪想攀攀的。要是搁在过去，伍老旺准会面带不屑地笑一下。然后，边头也不回地只管走自己的路，边嘴里应付似的答应，攀攀回来了一定请老晕去家里喝酒。心里却肯定在生气地想，哪儿凉快哪儿歇着你的吧！跟攀攀来往的同学，都是肚子里有学问、身上有本事的光鲜人，能跟你个没出息的二半吊子交往？让攀攀学你的哪一样？天天闲得皮痒痒，待在家门口穷晃荡？！

今天，伍老旺在商店听了那几个人说的话，他不但停了下来，还掏出一支烟，亲切地递给老晕，并语重心长地跟老晕聊起了天。说：“不逢年、不过节的，攀攀哪能说回来就回来！他要是像你似的，能一早一晚跟老人挂上个面就好了。起码，老人万一有个头疼脑热啥的，能立马拉着去看个医生。能到床前问你一声哪里疼、哪里不得劲。老人没吃饭，能给送碗热汤热水。”

老晕受宠若惊地接过烟，呵呵地笑着说，他哪能跟攀攀比啊！攀攀在外边吃香的、喝辣的，薅根汗毛也比他的腰粗。哪怕让他过一天像攀攀那样开小包车、住大城市里大高楼的日子，再娶个白俊、好看、有学问的媳妇，然后，把他拉出去一枪崩了都行。

伍老旺盯着老晕，看了看他身上那件穿得黑不溜秋的白衬衫，再看看他头上洗洗就能上二亩地的油灰，忍不住哈哈地笑了起来。心里说，哎呀！这世道到底是怎么了？有能力的，心高气盛、得陇望蜀也就罢了；这没能力的，居然也梦想平步青云、一步登天！真是人的欲壑最难填啊！他又怕老晕明白，自己是在笑老晕癞蛤蟆想吃天鹅肉，就撇开他边往家走，边故意地叹说：“人啊！什么时候都是这样，这山望着那山高，到了那山没柴烧！”

张三姐看到伍老旺一手拎着酒瓶，一手夹着香烟，一路吞云吐雾，且带着一脸掩饰不住的笑容回了家。她不管伍老旺刚刚遇到了什么可笑的事，生硬地把饭菜端上桌后，自己却不肯坐下来。伍老旺笑着拉她坐下，要告诉她刚才碰到老晕的事。她冷冷地说句：“不想听。”便甩开伍老旺。伍老旺问她咋地了，她又冷冷地说句：“不咋地。”递给她筷子，她也赌气地说不饿。伍老旺伸手想摸摸她的额头，看是不是有啥毛病了，却被张三姐一下子给打开了。

伍老旺无奈地看了看张三姐，不明白她哪根筋犯了毛病，只好自己坐回饭桌旁，准备倒杯酒痛痛快快地喝两口。不料，他的手刚一要摸酒瓶，就听到了旁边张三姐抽泣抹泪的声音。他赶忙停下来，让张三姐说说，家里人都好好地在呢，这不逢鬼日、不遇祭日的，她到底哪里中了邪，非得要哭天抹泪不可？不想，原本抽泣抹泪的张三姐，却再也隐忍不住，放声大哭起来。她哽哽咽咽地说，伍老旺说话不算话。刚刚说戒烟了、戒酒了，还没戒三天就又给拾掇起来了。照这样下去，别说以后去北京了，这辈子也别想离开伍家河！别想去攀攀那里了……

伍老旺看了一眼饭桌上的烟酒，有些语塞地说：“不是……不是说好……不去北京了吗？”

张三姐擦了一把汹涌的泪水，呜咽着说，不去北京守着攀攀一家大小过，难道一辈子要待在伍家河？她一辈子清清白白，没养过一个汉子，没偷过一次孤老，让她待在伍家河等谁、想望谁？没啥事时还好说。随着这年龄一天比一天老大，两口子中间要是有一个人，万一有了点啥事，攀攀能一步跨到你跟前吗？你是想让孩子后悔一辈子，还是想让他丢家舍业地北京、伍家河来回跑？

伍老旺兴奋地挠了挠头，却故意有些犹豫地说，他一身的坏毛病，真是怕以后到了北京，惹得咱孩子和儿媳妇不高兴呢。

张三姐哭着说：“你不是说能改吗？嘴上说得好听，只要能去北京，我烟也戒了、酒也戒了，再好好地帮孩子干两年。你说，你的嘴是用啥改的，小孩子的屁股吗？你有屁就朝外放，放出来就不管不问了？！”

伍老旺忙讨好地去哄劝妻子，说，只要她不再哭闹了，这回说话绝对算话，立马把烟酒退回商店去。见张三姐用泪眼盯着自己，似乎在等着他的行动，伍老旺先扶张三姐坐下。然后，抄起酒瓶，抓起香烟，兴奋得像个孩子似的，一蹦一跳地奔去商店了。

商店里的人看到伍老旺，问他怎么又把酒退了回来？伍老旺边把拆开的烟散给大家吸，边幸福地叹着气。说，攀攀家娘一直想去北京。以前，只是觉得她随口说着玩的，今天看来，这次怕是真的要去了。真去，咱的这些个毛病就得改改了。到了那么大的地方，要是不改，咱喝点酒现了原形，万一再露出点丑态，以后咋有脸在儿媳妇面前做老人？再说这吸烟，更是一丁点的好处都没有。咱家的小孙子，小胳膊小腿那么娇嫩，万一给熏着了咋办？还有，北京到处都是禁烟的地方，万一咱不注意，没看到人家的警示，吸烟再给人逮住了罚款、拘留啥的，那就犯不上了不是？！左想右想，还是要戒都一起戒了吧。

人们知道，是张三姐管伍老旺管得严了，笑话着链编他说：

张三姐，耍厉害，
叫声老旺你过来。
刷锅洗碗抱孩子，
脊梁痒了快扢扢。
丢下耙子捞扫帚，
谁让你摸老烟袋？
……

伍老旺自我解嘲地笑说，主要是他家张三姐，这些天一想起攀攀就忍不住哭鼻子抹泪，哭得他心里也跟着酸酸的。唉！反正去北京是迟早的事，晚去不如早去。咱不能只为了自己的一张嘴痛快，就委屈得一家老小该团圆的不得团圆。

商店老板把酒钱退过来时，伍老旺的心里一下子轻松了许多。一种解脱感，让他在回家的路上还尥了几步蹶子，甚至还边走路边撸起胳膊，看了看自己的肱二头肌。没错，他还有把子力气，不会白吃白喝攀攀的。到了北京，家里有点啥重活累活，还没让攀攀知道呢，他就玩似的给干完了。城里能有啥重活累活呢？抹桌子，拖地，买米，买菜，这也算不上是多重的活啊！接送小孙子上下学？对！到时候轻轻一提，说声“给爷爷上来吧！”就能让小孙子骑上他的肩膀。

不知谁的嘴那么快，伍老旺还没到家，二半吊子老犟就听说他要搬家去北京了。老犟找到伍老旺，商量着要把伍老旺的老房子买了。说，攀攀就是从这座老房子里考出去的大学生。如今，老犟的大孩子也上小学三年级了，孩子不像他小时候似的爱犯犟，学习好得很呢！老犟有点迷信，想看看能不能凑着老房子的风水，沾点攀攀当年的运气，孩子将来也考上个大学啥的。

伍老旺往外撵着老犟，说，他和攀攀家娘还没最终决定去不去呢，二半吊子就想来抄了他的后路。老犟嘿嘿地笑说，伍老旺两口子离开伍家河，是板上钉钉、比拿谷子碾米都准成的事。伍老旺有些生气地说，他就问老犟一句，把房子卖了，以后他和张三姐回来了住哪里？

老犟赔着笑脸，说，至于去了北京啥时间再回来，那可就没谁给保证了。也许十年八年不回来，也许这辈子就不回来了呢！你想啊！谁老了老了，不去守着自己的满堂儿孙？

伍老旺打断老犟，说那也不行，他无论如何都不会卖了老房子。你老犟能为自己的子孙后代着想，我还要为了我老死的那一天着想呢！见伍老旺真往外推自己，老犟有些着急了，忙跟伍老旺打起了亲情牌，说，自己跟攀攀从小一起长大，又是同班同学的关系，他可不能把房子卖给别人啊！

就在伍老旺关上大门，老晕无奈地准备离开时，张三姐从屋里出来喊住了他。张三姐果断地说："卖！全都卖了！包括屋里、屋外的锅碗瓢盆、圪档子棍棒，房前、屋后的一草一木，一件不留地全卖给老晕。"问老晕能给出个啥价钱。老晕喜出望外地又折回来，说南京到北京，卖家先出声，让张三姐先说个价钱。

伍老旺忙阻止妻子，说即便是真去北京，也要好好地规划规划。先把家里的事情处理好，再定具体走的日子，破釜沉舟也没有像张三姐这么破的。张三姐却用不容置疑的口吻说，老了不能守着自家的孙男娣女过日子，活着还有个啥滋味？！她有儿有孙的，不去享天伦之乐，还能就这么待在破伍家河，过让人看着跟孤寡老人一样的绝后日子？

伍老旺虽然觉得张三姐说得有道理，心中还是有点不舍。他犹豫着说，即便去了北京，也得给自己留条后路，等到老得不能动的那一天，咋也不能把两个人的老骨头扔在北京！

老晕在旁边爽快地答应伍老旺，让他们只管放心，真到了七老八十的那一天，说不定他的孩子早就考上大学了。到时候，老屋还是伍老旺的老屋，他保证让二老住到百年之后，住到料理完所有的后事。

张三姐打断老晕，让他不要考虑那么多。她果断地说，她就是要不留任何念想地离开伍家河，哪里的黄土不埋人？要是死了埋在伍家河，攀攀这一辈还好说，逢年过节了，能想着回来给你坟头上烧刀纸；以后到了孙子、重孙子那一辈呢？谁还记得你是干啥的？那时候，还不是跟绝户坟一样，连捧新土也没人给你添？老话虽说"一辈亲、二辈表、三辈四辈就算了！"但，她死了也要埋得离攀攀近些。

见张三姐的主意打定，八头牛也拉不回来了，伍老旺只好去找来村支书、村长等人给中间说合，把家里的一应物件，除了随身的衣服和铺盖，余下的作价八千元，全部卖给了老晕。

两口子真要离开伍家河了，伍老旺和张三姐就想给儿子一个大惊喜，要突然出现在儿子的家门口。然后对儿子一家说，两个老家伙不走了，这辈子都在北京陪着他一家大小；也省得攀攀挂心家里，担心他们的身体了。伍老旺和张三姐憧憬过各种各样突然出现在儿子门前的情景。比如，攀攀一家只顾着在前边走，然后，他和张三姐一下子超越他们，让攀攀在后面犯疑惑，前面走着的两个老家伙，咋看着这么眼熟？或者，攀攀一家刚刚下车，他和张三姐却一下子钻进车里。说，搭个便车去北京，看他们要不要两个老家伙的车票钱。再或者，攀攀正走着，他把行李一下放在攀攀肩上。说，帮老家伙背一会儿。最让伍老旺两口子笑得流泪花子的是，他们捂住攀攀家门上的猫眼，然后捏着嗓子，用蛮话说“啰唆、啰唆，要饭的来了，快给端碗大米干饭肉浇头”。无论哪种情景，他们都似乎看到了攀攀一家又惊又喜，继而抱住他们亲热的表情；看到了他们的小孙子待在怀里娇气的小模样；看到儿媳妇再也不用自己忙家务时，放松的欣喜；看到……

伍老旺背起行李准备离门的时候，却先看到了脚跟前转悠着的哈巴狗可心。他满心想抱着可心去北京，却知道列车上不让带宠物。这可咋办啊？伍老旺发愁地想。张三姐更是发愁，可心可是攀攀跟同学要的狗啊！每次攀攀从北京回来，人还没进村，可心就好像事先知道了似的，咬着裤腿不让伍老旺和张三姐出远门。一旦攀攀从远处露出来一点身影，可心就箭头子一样地冲到攀攀身边。伍老旺担心，一旦他和张三姐离开伍家河，村里的几个馋嘴头子，跟老晕一合计，就能把可心给剥吃了。

老晕让伍老旺两口子只管放心，可心活着没有十斤重，即使剥了皮，也不够几个人塞牙缝的，没谁会害了可心的性命。他们在与不在，他都当可心是个伴，绝对会好好地善待它。见伍老旺两口子还是不相信，他又赌血咒说，自己要是把可心剥肉吃了，吃一口都算是吃的他爹他娘的肉。

伍老旺把行李扛上肩，刚想对可心再叮嘱些：“好好地待在家里，别离开伍家河，别出去乱跑。一旦被坏人逮去，我们都不在家，就没谁能救你的性命了。”可心却好像根本就不愿意听他在说什么，而是嘴里呜咽着先跑出门去。它的眼角挂着两滴泪，在伍老旺要去的路上，紧张地回头张望着。就像当年不带攀攀去镇上赶会，攀攀急得又哭又闹，独自先跑去在前面的路上等着一样。那时候的伍老旺和张三姐，心里是又好气又好笑，冲攀攀无奈地叹口娇嗔气，然后，万般溺爱地抱起攀攀，说，瓜儿离不开秧，孩儿离不开娘！

可可心是条狗，无论伍老旺两口子心里有多么不舍得、多么怜悯它，火车上也不可能让带它去北京。伍老旺放下行李，和张三姐一起蹲下唤可心回来，好声好语地跟它商量。说，他们两口子都老了，需要人照顾了，必须得去北京投奔攀攀。可心虽也是他们的依靠，他们不是还有一个小孙子呢吗。老儿子、大孙子，老太太的命根子。他们只能暂时先舍得下可心，等一年半载后攀攀开车回来了，他们再用小包车把可心接走。到时候，他们一家就能囫囵个地在北京团聚了。他们就天天带着可心去遛弯，也让可心好好地去见识见识大大的北京城。

可心像个执拗的孩子，急得嘴里吱吱地叫着，无论伍老旺和张三姐怎么喊、如何唤，它却好像心里明白，越是唤它唤得温柔，它的处境就越是危险。不用看伍老旺手里的绳索也知道，一旦抓住它，伍老旺就会把它用绳索拴上或关起来，让它不能跟着自己出门。

老犟拿块馍引可心，它更是理都不理，甚至还朝老犟不友好地汪汪叫了几声。似乎在龇着牙斥责老犟：滚远点！你算老几？老头子的裤裆没破——咋露出你这破玩意儿来了，给我死一边去吧！

见软的不行，伍老旺跟张三姐使个眼色，故意大声地说了句："不走了，咱都回家！"然后，他们又把行李扛回了屋里。慢慢地，可心从远处又回到小院子里来。但，它却好像知道那是在诱它上当似的，只蹲在门外张望，就是不肯进到老屋里去。不知僵持了有多久，伍老旺无奈地只得去里屋的空床上躺下来，张三姐则躲去了厨房。可心经过一阵的不安后，渐渐放松了警惕，终于慢慢地靠近床边，卧在了伍老旺的鞋跟前。突然，张三姐像从地下冒出来似的，一下子出现在门前，把房门猛然从外面带上，把可心和伍老旺一起关在了屋里。伍老旺则趁机起床，一边往里赶着要挣扎出去的可心，一边侧身从屋里挤出来，并和张三姐一起迅速地反锁上了房门。

可怜的哈巴狗可心，像所有被母亲舍弃的孩子一样，发出无助的、绝望的、痛苦又狂躁的呜咽声，它疯狂地用蹄爪使劲地挠着门，挣扎着想从屋里逃出来。它的主人走了，它的心碎了……

伍老旺把房门钥匙交给老晕，让老晕等他们走远后，再给可心开门。伍老旺两口子坐上老晕的机动三轮车，终于无牵无挂地奔镇上而去了。然后，他们从镇上乘客车去县里，再从县城放心地去市里的火车站。十几个小时后，他们就能见到朝思暮想的攀攀一家了。可心一时半会儿也就再难找到他们了，找不到他和张三姐，可心就会老老实实地待在伍家河，就会乖乖地在家等着他们回来了。

然而，就在老晕驾驶着三轮车刚刚驶进镇子时，却不知可心怎么挣脱了房门，只见它一路狂奔着追了上来，还一路拼命追，一路痛苦地呜咽。三轮车上的张三姐看到可心追上来了，忙让老晕停下，她跳下车后，一下子抱住了可怜的可心。可心像个离开母亲很久的孩娃，吱吱地哭叫着，又委屈、又撒不完娇地紧紧扎在张三姐的怀里。心软软的张三姐，用手不停地爱抚着可心，用有些哽咽的声音跟可心商量。说："俺的好可心，俺知道你舍不得俺，俺也舍不得你。没办法啊！俺得去看攀攀一家，火车上要是能让带着你，俺说啥也不能把你孤零个地丢在伍家河。好可心，你可得听话啊！好好地待在家里等着俺，说不定几个月、最多一年半载俺就回来接你了。"

可心好像并不领情，执拗地咋都不肯从张三姐怀里下来。旁边的伍老旺和老晕还没往前靠近一步，它就像受到了极大威胁似的，惊恐地直往张三姐怀里紧靠。张三姐用手拍着可心的后背，像哄孩子睡觉一样地哄着它。当年，只要她哼几遍催眠曲，攀攀很快地就睡着觉了。然后，她就能轻轻地放下攀攀，该去干啥活，就能去干啥活了。张三姐对可心哼起了催眠曲："可心睡、可心乖、可心不睡眼睁开。卖馍的，还不来，饿得可心待娘怀……"

这时的可心像个听话极了的孩子，静静地依偎在张三姐的怀里，把恐惧和憋屈都化作了对张三姐的信赖和亲昵。

去县城里的客车来了，伍老旺把行李递上车后，招呼张三姐也赶紧上车。张三姐不得不把它交给老晕，这时候的可心，却再也不是刚才那个温顺的孩子，它狂躁地躲闪着老晕，挣扎着怎么也不肯到他怀里去。但它跟所有的孩娃一样，没有足够的力气反抗，不得不在痛苦与绝望中，撕心裂肺地号叫着被老晕拽开。

伍老旺和张三姐上车后，可心疯狂地回头咬了老晕一口，终于从他怀里挣脱了出来。然后，它一路狂追着去县城的客车，一并绝尘而去了。伍老旺盯着车后狂奔、却越来越远的可心，只能在心里默默地祝福它了。张三姐则担心地在嘴里不停念叨：“俺的好可心，快点回家去吧！你可千万千万别跑丢了，千万千万……”

一路上，伍老旺和张三姐除了担心行李中的八千块钱，就是在担心小狗可心了。直到从北京站下了车，看见了攀攀家小区的大门，两口子的脸上才又露出一丝笑色来。扛着行李的伍老旺，问走在前边、恨不得三步并作两步走、两步并作一步行的张三姐：“你跑那么快干啥，还怕咱攀攀不管你饭咋地？”

张三姐只想一步跨到儿子的家门口，她压抑着脸上的笑，头也不顾得回一下。说：“我想先一眼看到咱攀攀惊讶地说：‘哟！这两个老家伙咋突然摸来了？’然后，再慌忙去打酒买菜，把你个老东西灌得狗饱、狗饱的。”

伍老旺急忙打断张三姐说：“吁——我在家可是把烟酒都戒净了，才来北京的。学好十年不易，学坏一夕有余。你可得告诉攀攀，以后任何人都不许往外勾我的酒虫跟烟瘾。”

张三姐不想再跟伍老旺讨论这些无足轻重的事情，她回头笑了一下，说：“看咱俩谁先到儿子家的！”然后，撇下伍老旺，脚底下跟踩上了风火轮子似的，往攀攀家的方向跑去。她那一会儿，心里就只想着先一步来到儿子家，第一眼看见她的儿子和小孙子了，看看她家那个娇嫩的小人儿，是不是长大本事，学会走路和说话了。

攀攀家的房子是一套只有五十几平方米的两室一厅，并且是最底层。

这孩子大概早就考虑到了，以后要照顾伍老旺和张三姐年老不能动的那一天，才选的底层吧。

张三姐来到攀攀家的门口后，又是摁门铃，又是敲门地弄了半天，里边却没有任何回应的声音。她回头望着随后赶来的伍老旺，说，攀攀两口子八成是都去上班了？伍老旺来到门前放下行李后，又去重重地敲了几下门，证明屋里确实没有人，才肯定地说，这是两个人都去上班了。张三姐有些疑虑地嘀咕，两口子都去上班了，把孩子交给谁照看的，能是送去托儿所了？张三姐嗔怪攀攀两口子，放着她这免费的亲奶奶不用，却花大价钱把那么小的孩子交给外人看管。托儿所里那么多的孩子，谁会单给你一家的孩子上心？咋也不可能有亲爷爷亲奶奶照顾得好。张三姐说，她和伍老旺这回真是来对了。让伍老旺赶紧去攀攀的单位，咋也得立马先把小孙子给她接出来。

伍老旺让张三姐先耐心地等一等，说攀攀就快下班了，他们一路鞍马劳顿，还是先让他喘口气、歇一歇脚再说。张三姐想抱孙子的那个急劲儿上来了，一会儿也不愿意再等下去。她埋怨伍老旺啥时候娇贵起来的，一路坐一路的车，也没让他踮脚走几步路，咋能会累着他。说，如果伍老旺不去，她就不顾自己会不会摸丢了，立马自己打车去。伍老旺还有些不放心行李卷里的那八千块钱，说，他去可以，得先把钱找个严实的地方放起来。否则，让张三姐一个妇女家，独自守着那么多的钱，万一有个啥闪失，就没办法跟孩子交代了。

打开一层又一层的行李，取出那沓钱后，两个人商量着放在哪里最牢靠。绕着攀攀住的楼前、楼后看了一大圈，门和窗户都是紧锁着的，也看不到能把钱塞进去的任何缝隙。瞅来瞅去，只有抽油烟机那里有个洞，只能这么办了。伍老旺抱起张三姐的两条腿，举着让她勉强够得到那个黑油油的洞口。然后，让她把那八千块钱塞了进去。直到听见屋里传来“啪嗒”一声，再也看不见那些钱了，伍老旺才放下来张三姐，拍了拍身上的灰尘后，放心地去了攀攀的单位。

张三姐在门口看着行李，闲待了一会儿后，觉得有些无聊，就蹲下拔起攀攀门前地砖缝里钻出的杂草来。也不知过去了多久，门前的草拔完了，也没看到伍老旺和攀攀一家回来。她咬着牙地叨咕，伍老旺真是头能磨死人的慢水牛，又迎去小区的门口好几趟，心里闷想，八成攀攀是想给两个老家伙的肚里补补油水，带着老头子去买烤鸭了？嗯！还是春节时见的面，转眼又快一年了，一家人是该一起好好地吃顿团圆饭了。可，也该回来个人，先把小孙子给她送来呀！望啊望，望不着攀攀一家和伍老旺，张三姐干脆再次回到家门口，一屁股坐在行李上。她还要起了小性子，在心里说，随便他们啥时候回来呢！要是回来得太晚了，任他们做了满满一大桌子的山珍海味，她都说自己吃过饭了，就刚刚吃的，大米干饭肉浇头，撑得小肚鼓油油。想了一会儿，她又自己笑了起来，老妈子还来真的了！老了老了还自己娇惯起自己来，一点点委屈也不能受了！到时候，儿媳妇轻轻一拉你的胳膊，喊你一声娘，看你个老妈子能持住劲，不乖乖地去饭桌旁坐着？！要是小孙子会说话了，再喊你个老东西一声“奶奶抱”，到时候，看你个老家伙能坐得住？还不慌得跟拾了狗头金似的！

攀攀一家终于回来了，一切都如张三姐无数次想象中的情景一样。小孙子刚一被从车上抱下来，就撇开爸爸、妈妈和爷爷，冲着张三姐跑过来，嘴里含糊不清地喊她奶奶。张三姐眼睛里噙着泪，一边喊着让小孙子“慢点、别摔倒了！”一边不顾一切地跑过去，一把抱起了小孙子，在他稚嫩的小脸上亲吻个不够。她的嘴里不停地喃喃说：“奶奶的娇孙子，可让奶奶见着你了，快让奶奶亲亲、抱抱，奶奶想死俺的小乖乖了……”

突然，不知谁使劲推了一下张三姐。她气愤地吼一声：“谁？你想干啥！”

这时，小区里的路灯已经全部点亮了，张三姐才看到推她起来的是伍老旺。伍老旺说：“攀攀家娘，你醒醒！”

张三姐激灵一下全醒过来了，原来，她不知不觉中坐在行李上睡着了。没顾得揉一下眼睛，张三姐先看了一眼攀攀家的房门，门没有开，窗户里也没有一丝亮光，门窗都还是原来那样紧闭着，就又急忙去伍老旺身后望，她没有看到攀攀一家。张三姐不相信自己的眼睛，连忙问：“攀攀呢，咱家的小孙子呢？攀攀一家咋还没回来？是不是你把他们藏起来了……”

伍老旺蹲下来，双臂搭在膝盖上，失望地说，攀攀出国了，一家子都去了欧洲。张三姐根本不相信自己的耳朵，更不肯相信伍老旺的那张嘴。她用变了调的声音一遍遍地问：“啥时候的事？你说话啊！攀攀呢，他一家子是不是出什么大事了？不然，咋会到现在还不进家……”

伍老旺用手抹拉一下脑袋，情绪低落地说，他刚刚在攀攀单位要来了攀攀的手机号码。他跟攀攀通了电话，一家子确实都出国了，刚刚攀攀就是在飞机场接的电话。

张三姐哪里肯相信伍老旺的话，一把推倒蹲着的伍老旺，埋怨他除了会吸烟喝酒，是个一点本事也没有的脓包、窝囊废。她从伍老旺手里夺过攀攀的手机号码，火急火燎地就去了小区外的公用电话亭，她却没能打通那个电话号码。她又火急火燎地回到伍老旺的身边，一下把写着电话号码的纸扔在伍老旺脸上，愤怒地骂他，拿的是什么狗屁号码，根本就是个打不通的假号。

伍老旺无奈地跟张三姐解释，说，攀攀刚才在电话里说了，还有二十分钟就要登机起飞了，他到时候必须得关上手机，来不及跟娘说话了。

张三姐急得粗话都出来了，说伍老旺纯粹是在放闲屁。攀攀就是真的出门了，也不会不跟她这个当娘的通句电话就走！在证实了地上扔的，就是攀攀的电话号码后，她又忙从地上拾起，再次急匆匆地去了电话亭。不久，张三姐流着眼泪回来了，她老远就着急地哭问，攀攀到底是怎么跟伍老旺说的，他一家出差去了哪里，要多少天才能回来。还是攀攀真出啥意外，人不在世上了……

伍老旺蹲在地上，也似乎没有了一点力气。他两只手臂支在膝盖上，一只朝上托着愁苦的下巴，一只朝下垂向地面，连句话也说不出来了。又气又急的张三姐，上去踢了他两脚，斥责地问他是不是死了，咋连个屁都不往外放。

吭吭哧哧半天，伍老旺心灰意冷地说：“攀攀家娘，咱回伍家河去吧……”

人们形容动物对家的记性，常说：狗记千，猫记万，小鸡记得二里半。当年，尽管可心从镇上追着搭乘伍老旺夫妇的客车远去了，它却没有摸丢，而是平安地回到了伍家河。这天，可心像得了狗头金似的，一大早就在老房子的门口，欢快地叫个不停。果然没多久，一辆崭新的奥迪小轿车，风风光光地开进了伍家河，一直开到伍老旺老屋的家门口。光鲜的伍攀攀一家三口，优雅地从车上刚一下来，可心就撒着欢迎了上去，它绕着攀攀的腿脚不停地亲热、献媚。

攀攀招呼了可心一句，便径直来到大门前敲门。出来给他开门的，却是二半吊子老晕。攀攀边往院里走，边一脸狐疑地嘀咕一句：“老晕？你怎么得闲上我家里来了？”

老晕一把推住伍攀攀的胸口，问他，什么叫得闲上他家里来了。你是谁？怎么不打个招呼就冒冒失失地往家里闯？攀攀更加疑惑了，皱着眉头问老晕：“这是谁的家？你开什么国际玩笑？我在这个院子里生活了近二十年，这里怎么可能是你的家？！”

老晕厉声喝住伍攀攀，说：“什么开玩笑，谁跟你开玩笑了？你到底是谁啊？千年的土地八百个主，这里早就是我的家了！”

攀攀只得停下来，跟老晕解释说，自己真的是伍攀攀，以前确确实实就住在这里。两年前，他一家人都出国去欧洲学习了，这两年才没怎么回来。老晕看也不看伍攀攀，说，别跟他弄那些里格楞，他一个乡下老冤，从来没听说过什么欧洲、美洲的，更不认识开小包车的什么伍攀攀、六攀攀的。他不巴结大头，也不攀龙附凤。这里是他两年前花了八千块钱，买的村里一家老绝户的房子，要字据有字据，要证人有证人。

伍攀攀见一时跟老晕说不清，就直着嗓子喊：“大大、大大，我是攀攀，我回来了……”听不见有人答应，他又改口叫“娘”，连着叫了好几声，依然没有人回应。这边的动静，引来了两位看热闹的人。那二人看到是伍攀攀在找爹娘后，扭头就往回走。攀攀忙追过去，拦在他们前面，喊：“叔、两位叔，我是攀攀，是从小在您二老跟前长大的，您怎么都不认得我了？”

两个被伍攀攀称叔的人，不得已停下来。他们背着手一起冲攀攀摇头，说，他认错人了，他们哪里有他这么大本事的侄子，伍家河也从来没出过一个叫伍攀攀的，肯定是攀攀认祖宗找错地方了。两个叔叔说完后，一个往东，一个往西，各忙各的去了。伍攀攀尴尬地怔在原地，犹豫了一会儿，只好再次来到老房子门口敲门。

老晕不耐烦地从屋里出来，刚要再次斥责伍攀攀到底想干啥，攀攀媳妇抱着孩子，来到了老晕的跟前。说，自己没结婚前，来过伍家河好几趟，她和攀攀的结婚仪式就是在伍家河办的。如今，她都清楚地记得，这里就是公公、婆婆的家，她当年结婚的新房，就是这座院子里的东厢房。

老晕问攀攀媳妇，谁是她的公公、婆婆，多大年龄，记不记得他们长什么模样？攀攀媳妇说，多大年纪她说不准，模样也有点模糊了。但，她清楚地记得，公公的名字叫伍老旺，婆婆名叫张三姐，不会有任何差错的。

老晕好像恍然大悟似的，说，哦？你说的是伍老旺啊！他早就不在这里住了，两口子把房子卖给他后，现在搬到一处享福的地方去了。攀攀媳妇问，她公公、婆婆搬去哪里了，老晕能不能带她一家去找一下？老晕果断地拒绝攀攀媳妇，说，不能！伍老旺和张三姐就住在家西，想去找他们，只能让小狗可心带着她去。随后，老晕关上大门，再也不理会攀攀一家了。

伍攀攀只好无奈地抱着孩子、带上媳妇，跟着哈巴狗可心去了家西。一程又一程，走出了村庄，可心没有停止，走到了大田地，可心还是没有停下。

路上，媳妇问攀攀，爹娘到底多大年纪了。攀攀疑惑地说，大概有六十来岁了吧。他笑了一下又说，刚才还真被老晕问住了，只知道两位老人一把年纪了，谁能记得清他们的具体年龄？更不用说他们的生日等等，这些无聊的东西了。

攀攀媳妇说，两位老人到了这个年纪，就不能再让他们去地里干活了，两位老人拉扯攀攀不容易，最好能把他们接去北京，让二老也好好地跟着他一家享几年的清福。攀攀叹口气说，不是他不想接爹娘去北京，二老当了一辈子农民，粗手笨脚的也没什么文化，又都邋里邋遢、随意任性。尤其是父亲伍老旺，平时大大咧咧惯了，既随地吐痰，又抽烟喝酒，还睡觉打呼噜。攀攀小时候就记得，父亲不但从来没刷过牙，还用指甲从牙齿上刮下来黄糊糊，自制卷烟抽。再说母亲，在他的小时候，用自己嚼过的麻花喂他，他至今还一想起就恶心地要呕吐。父母跟他小两口的文化差异那么大，早已跟他们不是同一个世界的人了。一旦把他们接过去，只怕两边人都不适应，想来想去，觉得还是等几年再说。不是他不想尽孝，他要等二老真正卧床不能动的那一天，再接过去伺候他们最后一程。

哈巴狗可心来到家西的老林地里，最后停在一座大坟头前，它回头朝着缓缓走来的攀攀一家，呜呜哇哇地好像在说着什么。攀攀走近后，看了看四周，并没有看到自己的父母。心想，大概父母是被庄稼遮挡住了，于是朝着庄稼地里大声喊了几句爹、娘，既没见有人答应，也没见周围有任何人。他气愤地冲可心吼："畜生！你带我来这里干什么？"

可心并没有带攀攀一家再去其他地方的意思，而是绕着那座坟头转了一圈。然后，朝着攀攀一家，又是一通呜呜咽咽。伍攀攀不明白可心在说什么，他气愤地把孩子交给媳妇，自己跑去拾起个坷垃，使劲朝可心扔过去。可心本能地躲开后，见攀攀不明白什么意思，它不安地站到坟头和攀攀中间，又立起两只前爪，似乎是在示意攀攀一家，走近坟头去拜一拜。这次，攀攀找来了个大一点的砖块，并狠命地朝可心扔了过去。可心被打中了，它一瘸一拐地、一路痛苦嚎叫着跑回了村里。

伍攀攀一家回到村里后，老晕正站在他的小轿车跟前，怒冲冲地等着他一家。老晕指着远处胆怯的可心，质问伍攀攀有没有一点点人性。说，它好心好意地带你们去找伍老旺，你干吗拿砖头打它？

伍攀攀也正憋着一肚子的气，他瞪着眼睛说："你让可心带着我去找俺爹俺娘，这畜生却把我领到家西老林堆里去了，你说我不打它打谁？"

老晕挑着下巴，故意傲慢地说，他不知道谁是伍攀攀的高级爹娘，但，如果他们要找伍家河的大窝囊伍老旺，可心领他们到的那个地方，就是伍老旺的新家。大窝囊伍老旺和他媳妇张三姐，都在那里边埋着呢。

伍攀攀的怒气一下子顶到脑门，他骂声："敢咒俺爹、俺娘死，看我不打死你个孬龟孙！"然后扑上去，扭住老晕就要打。伍攀攀坐惯了办公室，却极不是经常掏力干活的老晕对手，还没扬起巴掌，就被老晕骑在了屁股下动弹不得。老晕指着伍攀攀的鼻子，要替伍老旺教训教训儿子，说："论读书我不如你，论跟人动武，你不是对手！论为人处世，你更不值得一提。这时候想起你爹娘了？晚了！想见他们？等你下辈子托生了再说吧……"

伍攀攀一下子瘫软在地上，惊愕地问老晕："你、你刚才说什么？俺爹跟俺娘，他们到底怎么了？"

老晕从攀攀身上坐起来，掸了掸衣服上的尘土后说，伍老旺两口子死去已快有两年了。他们把卖房子的钱扔进儿子家的抽油烟洞后，却没办法再取出来。老两口在儿子家门前睡了三天三夜，也在北京饿了三天三夜。之后，不得不一路乞讨着，从北京步行回伍家河。每路过一个有电话的地方，张三姐都缠着伍老旺，去拨打一下手里的那个电话号码。他们也碰到过很多带电话的好心人，人家一心想帮他们的忙，试着拨打他们手里的那张早已皱巴得不成样子的破纸上的电话号码。然而，任何人都没能打通那上边的电话。步行了一个多月后，身心交悴的张三姐，没能活着回到伍家河，而是客死在了回家路过的山东省的地界上。她至死都不肯相信，儿子一家是出差去了欧洲，而是坚定地认为，攀攀一定是出了什么大事，先她一步不在人间了。

据伍老旺说，张三姐死的时候，脸上是挂着笑容的。张三姐死前跟伍老旺说，别以为她是个妇道人家，就那么好骗。她心里清楚得很，伍老旺是想一直瞒着她，故意说攀攀出差去了欧洲。其实，攀攀可能是出了车祸，一家人都去那间（指阴间）里找他的爷爷奶奶、姥爷姥姥去了。从今往后，别怪她心狠，她也不再怜惜伍老旺，她必须得去那间里见她的亲人，找她的好儿子和大孙子去……

伍老旺一路背着张三姐的骨灰回到伍家河，却不愿意再回老晕给腾出来的老房子里去。而是在家西张三姐的坟旁，搭了个草庵子。回来还不到一个月，一天的早晨，人们在草庵内的床上，发现了穿戴整齐、直挺挺地躺着的伍老旺。当天夜晚，伍老旺也去了那间，找他心爱的张三姐，见他的亲人去了。

伍攀攀依稀记得，当年登机前，确实接到了父亲的电话。但，被单位派去欧洲带薪学习，是个人人渴望的难得机会，他不可能在临行前的一刹那放弃掉。何况，他一家已经买好了飞欧洲的机票，且飞机就要起飞了。他在电话中还着急地埋怨父亲，怎么不提前打个招呼，就冒冒失失地在这个时候，领着母亲来了北京。攀攀让父亲带母亲先回伍家河，等他结束了两年的学习后，就回伍家河看望他们。父亲在电话里分明什么都没有说，更是提也没提卖了老家的房子，以及把钱扔进油烟机洞的事。他明明是放心地挂上电话，然后才登机的。

老晕看也不看伍攀攀一眼，冷笑着说："电话总共通了还不到一分钟，伍老旺听到的却全是埋怨声，谁容他分辩一句了？谁让张三姐听到一星一点的通话内容了……"

伍攀攀有些哽咽了，他不相信地说："我在国外的时候，国内是打不通我手机的，但，发短信息是可以收到的。我如果收到了短信息，肯定会第一时间回电话的。"

老晕不屑地从鼻孔里发出一个"嘁！"字后，说，谁知道那么多！然后，转身离开了，回到两年前就属于他的那处院子里，并狠狠地关上了大门。

伍攀攀连擦了几把眼睛，不相信地说："不、不是真的，这绝对不是真的！老晕，你不要在这里胡说八道，快点告诉我，俺爹、俺娘，他们到底去哪里了……"

这时，不远处几个孩子在玩一种《背脊梁》的游戏。《背脊梁》的玩法是：两个孩子的后背紧贴着，四只手臂在背后交叉。然后，一个孩子发力，弓身背起玩伴。被背起的孩子则仰面朝天，躺在下边孩子的后背上，两人一替一句地对词：

（下边说）说个曲、说个唱，说个家西的伍老旺。
（上边对）伍老旺、心气高，养个孩子背书包。
（下边说）上初中、升高中，考上大学到北京。
（上边对）张三姐、伍老旺，一心只把儿子想。
（下边说）卖了老屋去北京，儿子家里没人应。
（上边对）伍老旺、没了本，一路要饭回安徽……

伍攀攀不愿再听下去，他斥责着打断那几个孩子，让他们不要瞎咧咧。然后，招呼自己的老婆孩子上车，发动了轿车，一家人离开了伍家河。

伍攀攀的小轿车后，不通人性的哈巴狗可心，像个没娘的弃儿，一路追逐着小轿车。

图书在版编目（CIP）数据

九妮 / 李超杰 著. -- 北京 : 作家出版社，2018. 9（2023.2重印）
（中国多民族文学丛书）
ISBN 978-7-5212-0259-5

Ⅰ. ①九… Ⅱ. ①李… Ⅲ. ①中篇小说 – 小说集 – 中国 – 当代 ②短篇小说 – 小说集 – 中国 – 当代 Ⅳ. ①I247.7

中国版本图书馆CIP数据核字（2018）第229365号

九妮

作　　者： 李超杰
责任编辑： 李亚梓
特约编辑： 程远图
装帧设计： 孙惟静
出版发行： 作家出版社有限公司
社　　址： 北京农展馆南里10号　　**邮　　编：** 100125
电话传真： 86-10-65067186（发行中心及邮购部）
86-10-65004079（总编室）
E-mail:zuojia@zuojia.net.cn
http://www.haozuojia.com（作家在线）
印　　刷： 固安兰星球彩色印刷有限公司
成品尺寸： 170 × 240
字　　数： 135千
印　　张： 9.75
版　　次： 2019年1月第1版
印　　次： 2023年2月第2次印刷
ISBN 978-7-5212-0259-5
定　　价： 35.00元